사하라 사막에서 꽃을 피우는 방법

임영복 지음

사하라 사막에서 꽃을 피우는 방법

2016년 8월 3일 초판 1쇄 발행. 임영복이 글을 쓰고, 도서출판 샨티에서 이홍용과 박정은이 펴냅니다. 홍시야가 본문과 표지 그림을 그리고, 전혜진이 본문 및 표지 디자인을 하였으며, 이차람이 마케팅을 합니다. 인쇄 및 제본은 상지사에서 하였습니다. 출판사 등록일 및 등록번호는 2003. 2. 6. 제10-2567호이고, 주소는 서울시 마포구 성미산로16길 18, 전화는 (02) 3143-6360, 팩스는 (02) 338-6360, 이메일은 shantibooks@naver.com입니다. 이 책의 ISBN은 978-89-91075-06-1 03800이고, 정가는 14,000원입니다.

이 도서의 국립중앙도서관 출판시도서목록(CIP)은 e-CIP홈페이지(http://www.nl.go.kr/ecip)와 국가자료공동목록시스템(http://www.nl.go.kr/kolisnet)에서 이용하실 수 있습니다.(CIP제어번호: CIP2016017709)

꿈… 포기하긴 이르고 시작하기엔 서툰
청 춘 들 을 위 한 안 내 서

사하라 사막에서 꽃을 피우는 방법

임영복 지음

【산티】

차례

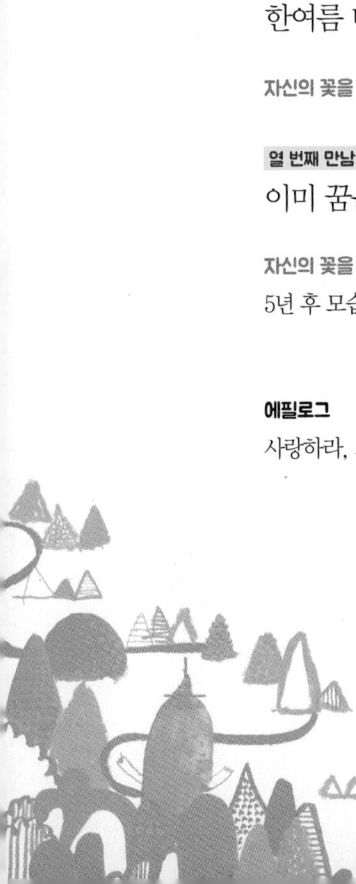

프롤로그

진짜로 내가 원하는 걸 찾고 싶어요

어느 날 전화 한 통을 받았다.

"안녕하세요? 저는 지난주에 선생님 강의를 들었던 사람입니다. 아들과 함께 선생님의 강의를 들었는데 기억하실는지요?"

지난주 강의 때 여러 가지 질문을 했던 한 어머니가 기억났다.

"오늘 오후에 찾아봬도 될까요? 아들의 진로 때문에 상담을 받고 싶은데요."

"네, 오십시오."

오후 2시, 사하라비전연구소에 어머니와 한 청년이 함께 들어왔다. 김지훈, 26살. 군대를 다녀왔고 대학교 3학년이었다. 경기도에 있는 대학교에서 컴퓨터공학을 전공하고 있었다. 3학년 1학기가 시작되기 전, 학교 근처에 자취방을 구하려다가 자신의 진로에 대해 어머니와 이야기를 나누게 되면서 여기까지 찾아오게 되었다. 얼마나 답답하고 힘들었으면 엄마와 함께 여기까지 오게 되었을까? 잠시 그들의 마음이 되어서 안타까웠다.

지훈은 재수를 했고, 점수에 맞춰 대학과 학과를 결정했다. 그러다 보니 도무지 공부에 재미가 없고 열정이 생기지 않았다. 군대를 다녀오면 달라질까 싶어 군대를 갔지만, 제대하고 나서도 별반 달라지지 않았다. 그래서 다시 1년을 휴학하고 자신에게 맞는 전공을 찾고자 아르바이트를 하며 고민하는 시간을 가졌다. 그러나 여전히 무엇을 어떻게 해야 할지 막막했다.

달리 방법이 없어 복학을 하기로 결정은 했지만, 한 학기 등록금만 600만 원, 거기에 자취 비용까지 포함하면 지출 금액이 만만치 않았다. 지훈은 그렇게 큰 비용을 지불하며 학교를 다녀도 결국은 허송세월일 것만 같았다. 무엇보다 자신의 등록금과 생활비를 마련하기 위해 부모님이 애쓰는 것이 미안하고 마음이 쓰였다. 그래서 어머니께 자신의 생각을 솔직하게 말씀드렸던 것이다.

나는 지훈이 어머니께 물었다.

"어머니, 지훈이가 어떤 꿈을 찾건 응원하시겠습니까? 설령 어머니 마음에 들지 않는 길을 가기로 결정하더라도 지지하시겠어요?"

"네, 저는 지훈이가 행복하면 됩니다. 자기가 열정을 쏟을 수 있는 전공만 찾는다면 괜찮아요."

나는 지훈에게도 물었다.

"지훈아, 진짜로 네가 원하는 걸 찾고 싶니?"

"네, 진짜로 찾고 싶습니다."

지훈의 떨리는 목소리에서 간절함이 느껴졌다. 가슴이 뜨거워졌다.

"그래, 그러면 해보자. 자신의 전공을 찾기까진 시간이 좀 필요해. 오래 걸릴 수도 있고 짧게 걸릴 수도 있지. 그래도 적어도 한 철은 필요하단다. 어때? 한 주에 한 번씩 만나서 함께 찾아가 볼까?"

그렇게 지훈과의 만남이 시작되었다. 3월에 시작되어 12월까지 총 열 달이 걸렸고, 다행히도 지훈은 자신만의 꿈을 찾고 꽃을 피워낼 수 있었다.

지훈과의 만남이 이어지는 동안 대한민국 청년 실업률은 최고로 치솟고 '삼포 세대', '오포 세대'를 지나 결국 꿈과 희망마저 포기했다는 '칠포 세대'까지 등장했다. 정말이지 '사막'이 되어버린 셈이다.

지훈을 만날 즈음 나는 청년들, 대학생들에게 자신만의 꽃을 피워가는 방법을 알려주는 이야기를 책으로 써야겠다는 생각을 하고 있었다. 그래서 코칭을 시작할 때 지훈에게 미리 양해를 구했다. 네 이야기를 책에 담고 싶다고. 하지만 그때만 해도 지훈의 이야기가 어떻게 풀려나갈지는 알 수 없었다. 다행히 지훈은 이 책에서 소개하는 과정들을 차근차근 밟으며 자신만의 꿈과 진로를 찾고, 이제 과거와는 확연히 다른 모습으로 살아가고 있다.

이 책은 실제 지훈의 이야기에 극적인 요소를 약간 넣어 각색을 한 것이다. 꿈을 찾아가는 이야기가 좀 더 쉽고 재미있게 읽히기를 바랐기 때문이다. 실제로 꿈을 찾고 이루어가는 과정은 끝이 보이지 않는 막막한 길이 아니라 재미있고 즐거운 과정이라는 걸 청년들이 알기 바라는 마음도 컸다. 무엇보다도 이른바 '칠포 세대' 젊은이들이 지훈이처럼 꿈을 찾고 꽃을 피워낸 청년들이 주변에 있는 것을 보고 자기 가슴속에서도 다시금 꿈과 희망의 불씨를 살려나갔으면 하는 간절한 마음을 이 책에 담고 싶었다.

이 책에는 지훈의 이야기를 따라가면서 여러분도 자신만의 꿈을 찾고 꽃을 피워나가는 과정에서 단계별로 실행해 볼 수 있는 지침들을 마련해 두었다. 꼭 직접 손으로 쓰고 생각해 보는 시간을 갖기를 바란다.

2016년 초여름,

서울 사하라에서

첫 번째 만남

"좋아하는 게 뭔지 잘 모르겠어요"

꿈꾸자,
사막에도 꽃은 핀다

"대체 어디가 끝이지?"

더위에 숨이 턱턱 막혀왔다. 걷기조차 힘들 정도였다. 다리에 힘이 풀려 지훈은 그대로 털썩 주저앉고 말았다.

"앗! 뜨거!"

지훈은 소스라치며 벌떡 일어났다. 모래에 아주 잠시 닿았을 뿐인데 엉덩이와 허벅지가 화끈거렸다. 잠깐 앉아 편하게 쉴 곳조차 없다니 정말 최악이다. 벌써 몇 시간째 길을 헤매고 있었다. 그것도 혼자서.

갑자기 이런 사막에 놓인 것부터가 이상했다. 도대체 어쩌다가 사막 한복판에 서 있는지 알 도리가 없었다. 복학 문제를 놓고 엄마와 한바탕 싸운 뒤, 속이 상해 방문을 쾅 닫고 한참을 뒤척이다 잠들었는데 눈을 뜨고 보니 사막이었다. 온몸을 녹여버릴 것 같은 더위, 걷고 또 걸어도 반복되는 똑같은 풍경. 앉아서 쉬는 건 둘째 치고 물 한 모금만 마실 수 있다면 더 바랄 게 없었다. 무슨 일을 하면서 살고 싶은지 고민하느라 힘든 나날을 보냈다고 생각했는데, 지금 생각하니 그건 천국에 누워 맛있는 과자 서너 종류를 놓고 어떤 걸 먹을지 고민하는 수준에 불과했다. 지훈은 좀처럼 떨어지지 않는 발을 다시 힘겹게 떼기 시작했다.

"분명 출구가 있을 거야."

그렇게 얼마를 걸었을까, 차라리 죽는 게 낫겠다는 생각이 드는 순간, 저 멀리 건물 같은 게 보였다. 살았다 싶은 마음에 지훈은 남은 힘을 다 짜내어 건물을 향해 걸어갔다.

"꽃집……?"

가까이 다가가서 본 건물은 기가 막혔다. 신기루가 아니라 진짜라는 것이 무엇보다 반가웠지만, 이런 사막 한가운데에 꽃집이라니 믿을 수가 없었다. 하지만 분명 '사하라 꽃집'이라는 간판이 붙어 있고, 그걸 증명하는 고운 빛깔의 꽃들이 거짓말처럼 가판대에 가득 놓여 있었다. 알록달록한 색깔의 큰 천을 나무 기둥으로 받쳐 만든 그늘막은 꽃들이 상하지 않도록 햇볕을 가려주고 있었다. 눈을 질끈 감고 고개를 세차게 흔든 뒤 다시 봤지만 그건 영락없는 꽃집이었다.

"여기가 사하라 사막?"

그때 지훈의 눈에 우물이 들어왔다.

"물…… 물이다!!!"

그 순간 꽃집의 정체에 대한 의문은 머릿속에서 깨끗이 지워졌다. 어디서 그런 힘이 났는지 지훈은 물을 향해 돌진해 허겁지겁 두 손으로 물을 움켜 마시기 시작했다. 물에 꿀을 타놓은 것도 아닌데 그야말로 감동적인 맛이었다.

"거, 물을 다 말려버릴 기세로 마시네. 천천히 마셔. 물도 급하게 먹으면

체한다."

난데없는 목소리에 깜짝 놀라 지훈이 고개를 들었다. 웬 사람이 아까 가판대에 있던 것과 같은 꽃 몇 송이를 들고 미소를 지으며 지훈을 바라보고 있었다. 아마도 이 꽃집의 주인인 듯했다.

"허락 없이 마셔서 죄송합니다. 목이 너무 말라서요."

"괜찮아. 실컷 마시고 안으로 들어와."

"이제 괜찮아요. 다 마셨어요."

지훈은 서둘러 손을 털고 일어났다. 그리고 그 사람을 뒤따라 꽃집 안으로 들어섰다. 밖에서 볼 땐 아주 작아 보였는데, 들어서니 안이 꽤 넓었다. 왼편에는 아까 본 그늘막과 똑같은 무늬의 천으로 만든 해먹이 두 개 걸려 있고, 반대편에는 책꽂이가 놓여 있었다. 에어컨이나 선풍기가 없지만 신기하게도 시원했다. 이제 좀 살 것 같았다. 꽃집 주인으로 보이는 사람은 익숙한 손놀림으로 가져온 꽃을 탁자 위 꽃병에 꽂더니 홱 돌아서서, 뻘쭘하게 서 있는 지훈에게 말을 걸었다.

"사하라 꽃집에 온 걸 환영해. 이름이 뭐지?"

"저는 지훈이라고 해요."

"반가워. 나는 사하라 꽃집의 주인, 큰산이라고 해."

큰산은 호기롭게 손을 내밀어 지훈과 악수를 했다. 그리고 손을 놓지 않고 그대로 끌어서 해먹에 앉혔다.

"요즘 부쩍 꽃집 방문객이 늘었어. 이러다 관광 명소에 오르는 거 아닌지 몰라. 오예!"

지훈의 손을 놓은 큰산이 기분 좋게 웃으며 옆 해먹에 앉았다.

"방문객이 많다고요? 전 이 사막을 헤매면서 사람이라곤 그림자도 못 봤는데요?"

"다들 그렇게 말해. 뭐, 서로 다 다른 데서 오는 거니까 마주칠 일이 없을지도……"

"근데 도대체 여기가 어디예요? 전 자다가 일어났을 뿐인데 여기에 와 있다고요. 설마, 진짜 사하라 사막은 아니겠죠?"

"맞아."

"네? 진짜 사하라 사막이라고요?"

고등학생 때 지리부도에서 언뜻 보고 지나쳤던 그 사하라 사막? 지훈은 믿을 수가 없었다.

"그럼 제가 여기에 어떻게 온 건지는 모른다 치고, 집으로 돌아가려면 어떻게 해야 되죠?"

"생각보다 아주 간단해. 근데 그 전에 본인이 여기 왜 와 있는지 알아야 해."

"제가 여기 왜 와 있는데요?"

"사하라 사막에서 꽃을 피우기 위해서지."

"꽃을 피우기 위해서라고요?"

"응, 앞으로 뭘 하면서 살아야 될지 고민하고 있었지? 그 간절한 마음이 여기에 닿아서 네가 이곳에 오게 된 거야."

지훈은 어안이 벙벙했다. 전공이 잘 맞지 않아서 진짜 내 길을 찾겠다고 당차게 휴학을 했지만, 1년 동안 아르바이트를 하며 어영부영 시간만 보냈기 때문이다. 미래에 대한 뚜렷한 답을 얻지 못했다면, 엄마 말씀대로 이제 복학 말고는 선택지가 없었다. 하지만 마음에도 없는 공부를 다시 한다는 건 생각만 해도 고역이었다. 당장 눈앞에 꿈을 찾을 수 있는 실마리가 나타나면 좋겠다고 생각했는데, 그렇다면 그 간절함이 여기까지 전해졌다는 말일까?

뭐가 그렇게 좋은지 싱글벙글 웃고 있는 큰산에게 지훈이 조심스럽게 물었다.

"근데 꼭 내 꽃을 피워야 하는 거예요?"

"여기 온 이상 그렇게 해야지. 그러라고 네가 자다가 여기 뚝 떨어져서 날 만난 건데."

"전 사하라 사막에 가겠다고는 한 번도 생각해 본 적이 없어요. 게다가 사막에서 꽃을 피우라고요? 아무리 지금 공부하고 있는 컴퓨터공학이 나하고 안 맞아도 그건 좀 아닌 것 같아요."

그때, 방금 전과는 전혀 다른, 무게 있는 큰산의 목소리가 들려왔다.

"그럼 네가 정말로 하고 싶은 건 뭔데?"

순간 지훈은 머리를 한 대 얻어맞은 것만 같았다. 초등학교, 아니 중·고등학교를 다닐 때까지만 해도 이런 질문에 대답하는 것이 어렵지 않았다. 친구들도 마찬가지였다. 다들 대통령, 과학자, 연예인같이 화려한 꿈들을 주저함 없이 이야기했다. 하지만 지금은 뭐가 되고 싶은지 말하는 게 힘들어졌다. 그 질문만 받으면 이상하게 숨이 막혔다. 그건 스무 살 때부터 꾸준히 실패를 거듭한 탓이기도 했다.

멋진 대학 생활을 꿈꿨지만, 수능을 망쳐서 재수를 했다. 재수를 했는데도 가려던 대학에 가지 못했다. 그래서 점수에 맞춰 학교와 전공을 선택했고, 그 바람에 미래는 온통 불투명해지고 말았다. 휴학 후 아르바이트를 하면서도 앞으로 뭘 하고 살지 정하지 못했다는 생각에 마음 한쪽이 늘 초조하고 불안했다. 그렇게, 스물여섯이라는 나이에 벌써 인생이 내 뜻대로 되지 않는다는 쓴맛을 봤다.

지훈은 자신 없는 목소리로 대답했다.

"그게…… 저 사실, 제가 하고 싶은 것이 뭔지 잘 모르겠어요."

"오예! 그럼 제대로 찾아왔어. 네가 뭘 하고 싶은지 이제 여기서 알 수 있을 거야."

큰산은 아까처럼 다시 싱글벙글한 얼굴이 되었다.

사하라 사막에 뚝 떨어진 것도 이해가 안 가는데, 이런 황량한 곳에서 내 꿈을 찾을 수 있을 거라니, 지훈은 더욱 이해할 수가 없었다. 그런 지훈의 표정을 보고 큰산은 탁자 위의 물병에서 물을 한 잔 따라 건네며 부드러운 목소리로 말했다.

"아직은 모든 게 알쏭달쏭할 거야. 그래도 네가 결정을 해야 하니까 간단하게 설명해 주지. 꽃을 피우는 일은 곧 네 꿈을 찾는 일이란다."

"내 꿈을 찾는다구요?"

지훈은 큰산이 건네준 물을 한 모금 들이켰다.

"어때? 네 꿈을 찾는, 그러니까 꽃을 피우기 위한 단계를 밟아보는 게?"

"궁금하긴 한데……"

"어차피 지금 정해둔 꿈도 없다며? 하다가 영 신뢰가 안 간다 싶으면 언제든 그만둬도 좋아."

"……"

지훈은 잠시 고민에 빠졌다. 그다지 내키진 않았지만, 한편으로는 어떤 결과가 나올지 궁금하기도 했다. 큰산의 말대로 꿈을 찾을 수 있다면 그거야 정말 바라던 일이고…… 손해 볼 건 없을 것 같았다.

'언제든지 그만둬도 된다는데 뭐. 까짓것 한번 해볼까?'

큰산은 지훈이 충분히 고민할 수 있도록 재촉하지 않고 기다렸다. 한참을 망설이던 지훈이 입을 뗐다.

"해볼게요."

"좋았어! 잘 생각했어."

"근데……"

"근데 뭐?"

"집에 가는 방법은 언제 가르쳐주는 거예요?"

큰산은 웃음을 터뜨렸다.

"곧 알게 될 거야. 하지만 나중엔 집에 가기 싫을 정도로 여기가 좋아질걸?"

지훈은 그럴 리가 있겠느냐는 표정을 지었다.

"근데 왜 사하라 사막에서 꽃집을 하고 있는 거예요? 지나가는 사람도 별로 없고, 더군다나 사막에서 누가 꽃을 사겠어요? 차라리 저 물을 여행자들이 마실 수 있도록 파는 게 더 낫지 않아요?"

"하하하!"

큰산은 호탕하게 웃으면서 손으로 한 곳을 가리켰다. 천막의 벌어진 틈새로 아까는 전혀 보지 못한 넓은 꽃밭이 눈에 들어왔다.

"이곳은 사람들이 와서 꽃을 피워내는 곳이야. 봐, 많은 사람들이 여기 와서 꽃을 피워내고 멋진 꽃밭을 만들었지. 난 그 사람들이 꽃을 피울 수 있도록 돕고 있단다."

"이해가 잘 안 가는데요. 저건 누가 봐도 그냥 꽃인데, 저게 사람들의 꿈이라고요?"

"자, 여기가 어디라고?"

"사하라 사막이요."

"잘 들어봐. 요즘 네 또래의 청년들은 물론이고 너보다 나이 많은 사람들도 사는 게 다 힘들다고들 말해. 꿈이 없다는 이들이 수두룩하고, 꿈이 있어도 펼칠 기회가 주어지지 않는다고 하고…… 취업에 성공한 직장인들도 경쟁에서 밀리지 않으려고 늘 시간에 쫓기며 살아. 아니면 재미없는 일을 억지로 하면서 입에 늘 불만을 달고 살거나. 그러느라 정말 자신만을 위해 시간을 쓰는 건 상상도 못해. 자기를 위해 뭘 조금이라도 해보려고 큰맘을 내면 주변에서 하나같이 공격을 해대지. 자기밖에 모른다, 무책임하다, 그래서 살아남겠냐, 나이가 몇인데 정신을 못 차렸구나 등등. 우리가 살고 있는 세상은 마치……"

큰산은 숨을 크게 내쉬며, 묵직하게 한 마디를 내뱉었다.

"이 사하라 사막 같은 곳이야."

지훈은 자신도 모르게 큰숨을 따라 내쉬며 고개를 끄덕였다. 그러고 보니 아까 사막을 헤맬 때 그 기분이 딱 이랬다. 끝이 보이지 않는 사막에서 따갑게 내리쬐며 자신을 지치게 만들던 저 강한 햇볕과도 같은 압박감, 무언가 어슴푸레 보여서 희망을 품고 다가가면 신기루처럼 사라지던 것들…… 가야 할 길을 정하지 못하고 있던 지훈의 삶도 꼭 이 사하라 사막과 같았다.

"사하라 사막에서 꽃을 피운다는 건 너의 진짜 인생을 발견한다는 뜻이야. 너무 힘이 들고 팍팍해서 작은 꿈조차 이뤄내기 어려울 것 같은 세상에서 자신만의 꽃을 피워내는 거지."

그 말을 들으니 이제 큰산은 지훈의 눈에 단순히 꽃집 주인으로만 보이지 않았다.

"너처럼 많은 청년들이 이곳에 와서 자신의 꽃들을 피웠단다. 이곳에서 꽃을 피우는 사람이 늘어나면 늘어날수록 사하라 사막은 점점 더 멋진 꽃밭으로 변해갈 거야."

큰산은 그렇게 말하고 미소를 지었다. 지훈은 처음 생각했던 것과는 다른 이 사하라 꽃집과 꽃집 주인에게 뭔지 모르게 압도당하는 기분이 들었다. 그러면서도 마음 한편이 두근거렸다. 지훈이 큰산에게 조심스럽게 물었다.

"정말 저도 꽃을 피울 수 있을까요?"

"그럼, 당연하지! 결코 어렵지 않아. 그냥 나하고 이렇게 이야기 나누면서 놀면 돼."

"좋아요. 저, 해볼게요!"

"좋아. 그럼 첫 번째 단계를 시작해 볼까?"

"네!"

지훈은 어느새 집에 돌아가야 한다는 것도 잊고 큰산의 이야기에 빠져들기 시작했다.

"먼저 꿈이 현실로 이루어지려면 평균적으로 어느 정도의 시간이 필요할까? 어느 정도의 시간을 '올인'해야 꿈이 이루어질까?"

"글쎄요. 한 3년 정도? 자기 꿈이 확실한 사람은 대학 졸업하고 나서 3년쯤 지나면 꿈을 이룰 수 있지 않을까요?

"10년!"

"10년이요? 그렇게나 오래 걸려요?"

지훈은 놀라서 눈이 휘둥그레졌다.

"하버드대학교 교육심리학과 교수인 하워드 가드너라는 사람이 자기 꿈을 이룬 창조적인 거장들의 삶을 연구해 보니 다들 자기 실력을 펼치기 전에 평균 10년 동안의 준비 시간을 가졌다는구나."

"그건 그 사람들이 특별하거나 끈기가 많은 사람이라 가능했던 거 아닐까요? 제가 어떻게 10년이나 준비를 할 수 있겠어요? 10년 뒤면 서른여섯인데 그때까지 먹고 살 돈을 마련해 놓은 것도 아니고, 결혼도 해야 할 텐데……"

"10년 준비가 그렇게 힘들까? 하워드 가드너와 비슷한 얘기를 한 사람이 또 있어. 말콤 글래드웰이라는 사람도 《아웃 라이어》라는 책에서 꿈을 이룬 사람들은 평균 1만 시간을 투자했다고 말하고 있어."

"1만 시간이요? 그건 10년보다 더 긴 것 같은데요."

“그렇지 않아. 하루에 세 시간씩 10년을 하면 약 1만 시간이 된다고 해. 네가 생각하는 것처럼 24시간을 온통 쏟아 부어서 10년 동안 준비하는 것이 아니란 말이지.”

“그 말을 들으니 부담이 확 줄어드네요. 세 시간씩 10년이라…… 하루에 세 시간 정도라면 아르바이트를 하거나 직장에 다니면서도 해볼 만하겠네요.”

“그렇지. 그런데 여기서 중요한 건 단순히 시간이 아니야.”

“그럼 뭐가 중요한 거죠?”

“하루에 세 시간씩 10년 동안 포기하지 않고 올인할 수 있는 그 무엇! 그게 뭐냐 이거지.”

“그러게요. 저는 제가 좋아하는 게 뭔지도 모르는데다 10년을 버틸 인내심도 없는 것 같고……”

지훈이 한숨을 쉬며 대답했다.

“그런데 끈기와 인내, 집중력에서 그들과 우리가 다른 게 아니야. 중요한 건 선택에 있어.”

“선택이요?”

“응. 그 사람들은 자기가 좋아하는 것을 선택했어. 즉 자신이 좋아하는 것을 선택했기 때문에 10년을 버틸 수 있었지.”

지훈은 고개를 끄덕이며 속으로 ‘아하’ 하면서 자신도 모르게 ‘선택’ ‘재미’

같은 단어들을 읊조렸다. 가만 생각해 보니 10년 법칙이니 1만 시간의 법칙이니 하는 말을 어디선가 들어본 것도 같았다. 전에 그 말을 들었을 땐 성공하려면 무조건 그 시간을 견뎌내야 하는 줄로만 생각했고, 그래서 그런 건 무척 의지력이 강한 사람에게나 해당되는 이야기라고 치부하고 잊어버렸었다. 그런데 그 일을 얼마나 좋아하느냐가 10년을 견딜 수 있는 더 중요한 이유가 된다니……

"좀 더 설명해 줄게. '파워power'와 '포스force',[1] 이 두 단어의 차이가 뭘까?"

"음, 둘 다 '힘'이라는 뜻인데…… 어떤 차이가 있는지는 잘 모르겠어요."

"'힘'이라는 의미는 같지. 하지만 이 두 단어는 각각 다른 힘을 나타내. 파워가 자신이 원하고 좋아하는 일을 할 때 나오는 힘이라면, 포스는 어쩔 수 없이 해야 하거나 안 하면 불이익을 당하기 때문에 의지를 가지고 해야 할 때 필요한 힘이야. 쉽게 설명하면, 파워를 사용할 때는 '힘이 난다'고 표현하고, 포스를 사용할 때는 '힘이 든다'고 표현하지."

"듣고 보니 큰 차이가 있네요."

"그렇지. 자, 이제 자신에게 물어봐. 지금까지 둘 중 어떤 힘을 많이 쓰면서 살아온 것 같은지."

1 데이비드 호킨스, 《의식혁명》(판미동, 2011).

지훈은 곰곰이 생각해 보았다. 고등학교 때는 대학을 가기 위해 어쩔 수 없이 공부했고, 점수에 맞춰 대학과 학과를 선택했으며, 대학에서도 학점과 취업을 위해 마지못해 공부했다.

"저는 거의 포스의 힘을 쓰면서 살았던 것 같아요."

"그렇지. 네가 이상한 건 아냐. 대부분의 사람들이 파워보다는 포스의 힘을 쓰면서 살고 있거든. 그럼 아까 나눴던 얘기로 돌아가 보자. 10년 동안 같은 일을 할 수 있으려면 파워가 필요할까, 포스가 필요할까?"

"당연히 파워죠."

"그렇지. 포스를 쓸 때 가장 큰 단점은, 충분한 대가를 받지 못하거나 주위에서 인정해 주지 않으면 그 일을 그만두거나 더 큰 대가를 주는 곳으로 옮겨가게 된다는 거야. 그렇게 자꾸 1년 혹은 2년 간격으로 자리를 옮기다 보니 한 분야에서 충분히 여무는 시간을 가질 수가 없겠지.

하지만 파워는 달라. 아무도 인정해 주지 않아도, 설령 대가가 적더라도 그 일을 계속 해나갈 수 있어. 좋아해서 하는 일은 그것 자체가 이미 대가를 받은 것이고 보상을 받은 셈이나 다름없거든. 꿈을 이루는 데 파워가 필요한 이유야.

과연 어떤 일이 나에게 포스가 아닌 파워를 쓰게 하는 일일까? 이것이 네 안의 씨앗을 찾기 위한 질문이야."

힘이 난다. Power • 하고 싶다 • 즐긴다 • 원한다

힘이 든다. Force • 해야 한다 • 어쩔 수 없다 • 안 하면 불이익을 당한다

그동안 지훈은 앞으로 뭘 하고 살지 고민하면서, 그 일이 파워를 쓰게 하는지 포스를 쓰게 하는지 생각해 본 적이 없었다. 큰산의 이야기를 듣고 나니 꿈을 찾아가는 데 한 가지 좋은 기준이 생긴 것 같았다. 고개를 끄덕이던 지훈이 뭔가 궁금하다는 표정으로 물었다.

"그러면 어떻게 하면 내가 좋아하는 것을 찾을 수 있어요? 정말 제가 좋아하는 게 뭔지 모르겠어요."

"좋아하는 것을 찾아가는 가장 쉽고 강력한 방법을 알려줄게. 이곳을 거쳐간 많은 선배들이 이 방법으로 자신의 꽃을 찾았거든."

"그게 어떤 방법이에요?"

"아주 쉬워. 그리고 간단해. 일단 펜을 들고 종이에다 네가 좋아하는 것, 갖고 싶은 것, 하고 싶은 것, 경험하고 싶은 것을 적는 거야. 순서에 상관없이 다 써봐. 사소한 것들도 괜찮아."

"그냥 적어요?"

"응, 어떻게 이루어야 할지는 생각하지 말고, 네가 들고 있는 펜이 마법을 일으키는 펜이라고 생각하고 그냥 적는 거야."

"버킷 리스트처럼요? 몇 개나 적어요?"

"개수에 제한은 두지 마. 그리고 또 하나, 그걸 적을 때 심각해져선 안 돼. 심각해지는 순간, 머릿속으로 계산하게 되거든. 이게 현실적으로 가능한가 아닌가, 나에게 그럴 능력이 있나 없나 하고 말이야. 그런 거 생각하지 말고 그냥 즐기면서 적어봐."

지훈은 자기 앞에 놓인 종이를 한참 동안 바라보더니 이윽고 하나둘씩 적어 내려가기 시작했다. 그러는 동안 큰산은 밝고 경쾌한 음악을 틀어주고 향기로운 꽃차를 가져다주었다.

"카페 같아요."

"응. 사실 자기가 좋아하는 카페에 가서 적으면 더 잘 써지는 효과가 있어. 자기가 좋아하는 음악을 듣고, 자기가 좋아하는 커피나 차를 마시면서 즐기는 기분으로 적는 거야. 오예!"

"저는 그동안 꿈을 찾는 과정이 무겁고 심각한 거라고만 생각했어요."

"아니야! 즐기는 것이 가장 중요해."

지훈은 큰산의 말에 얼굴 가득 미소를 지으며 훨씬 가벼워진 마음으로 종이의 빈 부분을 채워나갔다.

1. 뉴질랜드에서 스카이다이빙하기

2. 부모님께 한옥 지어드리기

3. 아버지와 동생과 함께 자동차로 미국 일주(류현진 MLB 관람)

4. 강연을 할 수 있을 정도로 내 분야에서 전문가 되기

5. 유럽 배낭 여행(무전 여행), 그리고 유럽 축구 관람

6. 멋진 프로포즈 하기

7. 얼음 낚시(즉석에서 회쳐서 먹기)

8. 체중 70킬로그램 넘기(복근 만들기). 가능하다면 피팅 모델까지 도전해 보기

9. 성경 공부 프로그램 참여하기

10. 템플 스테이 경험하기

11. 아이가 생기면 성인이 될 때까지 사진을 모아 사진 앨범 선물해 주기

12. 내 집 마련하기

13. 대한민국에서 제일 좋은 스테이크 집에서 배부를 때까지 먹어보기

14. 독도, 연평도, 백령도 가보기

15. 영어로 프리 토킹할 수 있는 실력 키우기

16. 악기 하나 정도(기타나 피아노) 연주 가능하게 실력 쌓기

17. 신문이나 잡지에 내 글 기고하기

18. 아우토반에서 속도 무제한으로 즐겨보기

19. 극지 체험(아주 춥거나 아주 더운 곳에서 캠핑)하기

20. 봉사 활동 꾸준하게 하기

21. 수화 자격증 취득하기

22. 숨이 멎을 것같이 가쁠 때까지 달려보기

23. 2018년 러시아 월드컵 때 우리나라 경기 관람하고 응원하기

24. 카지노에 가서 놀아보기

25. 스킨스쿠버 다이빙 자격증 취득하기

26. 중국 여행 가기(백두산 등반)

27. 내가 살았던 곳, 모교 방문하기

28. '내일로' 기차 타고 전국 여행 다니기

29. 적어도 한 달에 책 한 권을 사서 읽고 그 책들을 모아 나만의 책장에 꽂아놓기

30. 청와대 견학하기 혹은 초청받기

지훈은 버킷 리스트를 적으면서 자신이 이렇게 경험하고 싶은 게 많다는 데 놀랐다. 그리고 앞으로 이것들을 하나씩 경험하면서 살아간다면 정말 행복하겠다는 생각이 들었다. 큰산은 팔짱을 낀 채 몸을 앞으로 기울여 지훈을 바라보며 물었다.

"궁금하다. 네가 쓴 것들을 하나씩 소개해 줄래?"

지훈은 적은 것들을 하나씩 읽으며 설명하기 시작했다.

"1번, 뉴질랜드에서 스카이다이빙하기…… 언젠가 텔레비전에서 스카이다이빙 소개하는 걸 본 적이 있어요. 장소는 뉴질랜드였고 그때 하늘에서 낙하산을 매고 뛰어내리는 장면이 오래도록 기억에 남더라고요. 2번, 부모

님께 한옥 지어드리기……"

지훈은 몇몇 부분에선 이런 엄청난 일을 하고 싶다고 말하는 게 쑥스러운지 머뭇거렸다. 하지만 연신 얼굴에 미소를 띠며 힘 있는 목소리로 읽어 내려갔다. 큰산은 지훈이 버킷 리스트를 설명하는 모습을 주의 깊게 바라보았다. 지훈의 설명이 끝나자 큰산이 물었다.

"지금 기분이 어때?"

"음, 아주 좋아요."

"그렇지? 말 그대로 행복하지?"

"네!"

"거울이 없어서 못 봤겠지만, 혹시 느꼈니? 버킷 리스트를 읽을 때 네가 미소 짓고 있었다는 거? 목소리도 기분 좋게 떨리면서 힘이 있었지. 그리고 또 완전 몰입되어 있었어."

"맞아요. 좀 쑥스럽긴 했지만 기분이 좋았어요. 시간 가는 줄도 몰랐구요."

"이게 어떤 힘을 쓴 결과일까? 아까 얘기한 포스와 파워 중에 말야."

"아, 파워네요!"

"그래, 이게 아까 말한 파워의 힘을 쓸 때 나타나는 모습이야. 좋아하는 일을 하면 저절로 얼굴에 미소가 생기고 행복해지지. 또 자연스럽게 집중과 몰입이 되고. 이것이 바로 파워의 힘이야."

"파워를 사용한다는 게 생각보다 어려운 일이 아니네요? 방금 말씀하신 대로라면 전 이미 파워를 쓴 거니까요!"

"그렇지, 오예!"

큰산은 엄지를 척 하고 올려주었다. 지훈이 밝게 웃었다. 큰산은 테이블 위에 놓여 있던 사진 하나를 지훈에게 건네주었다. 사진 속에는 아름답게 피어난 꽃을 들고 있는 큰산과, 보는 사람까지 기분이 좋아질 정도로 매력적으로 웃고 있는 한 남자가 서 있었다.

"너처럼 여기에 왔던 사람이야. 보다시피 지금 이 친구는 자신만의 꽃을 피워냈어."

"웃는 모습이 보기 좋네요."

"그렇지? 하지만 이 친구가 여기 처음 왔을 때는 무척 힘들고 지친 모습이었단다. 그때 나이가 서른이었는데 직장을 구하지 못하고 방황하고 있었거든. 무엇을 어떻게 해야 할지 모르던 때 여기로 날 찾아왔지. 그리고 너처럼 버킷 리스트를 적는 것부터 시작했어. 열여섯 가지 정도를 적었던 것 같아. 그러고는 매주 하나씩 그것들을 실행에 옮겼지."

"버킷 리스트에 적은 것들을 하나씩 실행했다고요?"

"응, 한 주에 하나씩. 첫째 주에 그 친구는 갖고 싶었던 스마트폰을 샀어. 둘째 주에는 한강을 따라 자전거 여행을 했고, 세 번째 주에는 에어로빅 학원에 등록했어."

"에어로빅 학원요?"

"응, 남자라 부끄러워서 그동안 못했다나? 문화 센터에서 에어로빅을 배우기 시작했단다. 그리고 넷째 주에는 자신을 위해 옷을 선물했고. 그런 식으로 하나씩 자신의 버킷 리스트를 실행해 갔지. 그리고 다섯째 주가 지날 무렵, 드디어 자신이 하고 싶은 것을 발견했어. 그 친구의 꽃은 웃음으로 사람들을 행복하게 만드는 거였어. 그 친구는 그 길로 웃음연구소를 찾아가 아카데미 과정을 수료하고, 지금은 웃음치료사로서 웃음을 전파하며 가슴 뛰는 삶을 살고 있단다. 자신의 꽃을 멋지게 가꿔가고 있는 거지."

지훈은 5주 만에 자신이 하고 싶은 일을 찾았다는 소리에 놀랐다.

"그렇게나 빨리 자기가 하고 싶은 걸 찾다니 행운아네요. 저는 1년을 고민했어도 여태 못 찾았는데…… 어떻게 하면 그렇게 금방 자기 꿈을 찾을 수 있죠?"

"가슴 신호등을 고치면 돼."

"가슴 신호등이요? 그런 것도 있어요?"

"그럼. 누구나 다 갖고 있는 건데, 안타깝게도 대부분 고장이 나 있어. 원래 사람은 자기가 좋아하는 일을 하면 가슴이 뛰고 행복해진단다. 그런데 어쩔 수 없이 해야 되는 일만 하다 보니 그 기능이 고장 나버린 거지. 가슴 신호등이 제 기능을 하면 자신이 무엇을 좋아하는지 분명하게 알려줄 텐데 말이야."

"그렇다면 지금 제 가슴 신호등은 고장 나 있는 상태겠네요? 어떻게 하면 고칠 수 있어요?"

"가슴 신호등을 고칠 수 있는 가장 좋은 방법은 자신이 좋아하는 일을 하나씩 실천하는 거야. 그러면 점점 살아나지."

"그렇다면……"

"맞아. 그 사람처럼 네가 쓴 버킷 리스트를 하나씩 실천해 보는 거야. 어려울 것 같지만, 그냥 일주일에 하나씩 네가 좋아하는 걸 한다고 생각하면 쉬워. 네가 피울 꽃의 씨앗을 키우는 데 이만큼 좋은 방법도 없단다."

"하지만 제가 쓴 버킷 리스트는 대부분 지금 당장 실행할 수 있는 것들이 아니에요. 제가 지금 부모님께 한옥을 지어드릴 수도 없고, 어디 가서 강연을 할 수도 없잖아요."

"응. 우선 지금 바로 할 수 있는 일을 하는 것이 가장 좋고, 만약 당장 할 수 없는 일이라면 그것을 준비하는 과정을 시작해 보는 방법도 있어. 부모님께 한옥을 지어드리고 싶다고 했지? 그런 경우엔 한옥에 대한 자료를 미리 찾아보는 것도 버킷 리스트를 실행하는 것이나 다를 게 없어."

지훈은 이해한 듯 고개를 끄덕였다. 그리고 좋아하는 것들을 하나씩 실행하는 것이 자신의 꽃을 피우는 방법이라는 애길 듣고 놀랐다. 지금까지는 오히려 하고 싶은 것들을 참고 유혹을 견뎌야만 성공할 수 있다고 생각했기 때문이다.

"자, 버킷 리스트를 완성시키는 방법을 하나 더 알려줄게."

그러더니 큰산이 종이 뭉치를 하나 꺼내 테이블 위에 올려놓았다.

"이건 직업 흥미 검사(47쪽 참조)라고 해. 이건 네가 일하고 싶은 직업과 분야가 어떤 것인지 구체적으로 확인할 수 있게 해준단다. 아마 중·고등학교 다닐 때 해봤을 수도 있어."

"적성 검사 같은 걸 해본 기억은 나네요."

"그렇지! 자, 그럼 문항들에 답하고, 그 결과에 따라 여기서 추천하는 직업들 가운데 네가 마음에 드는 직업이나 일해보고 싶은 직업 다섯 가지를 선택해 봐."

"마음에 드는 직업을요?"

"응, 만약 없다면 안 써도 돼. 이 검사는 네가 어떤 직업들에 관심을 갖고 있는지 알기 위한 것이니까. 만약 없으면 네가 원하는 직업을 만들어내도 괜찮아."

지훈은 큰산이 건네준 펜을 들고 직업 흥미 검사를 하기 시작했다. 그리고 마음에 드는 직업 다섯 가지를 찾아서 내밀었다.

1. 상담 전문가

2. 여행 관련 직업

3. 스포츠 트레이너

4. 사회복지사

5. 학원 강사

"이 직업들을 갖게 되면 재미있을 것 같고, 저에게 의미가 있을 것 같아요."

"자, 이제 버킷 리스트 목록에 네가 선택한 흥미 직업들을 추가해 보렴. 어때? 버킷 리스트 쓰기랑 직업 흥미 검사를 하고 나니 이제 네가 무엇을 좋아하고, 하고 싶어 하는지가 좀 뚜렷해졌지?"

"예. 단지 제가 무엇을 좋아하는지 적어보고 직업 흥미 검사를 했을 뿐인데, 제 자신에 대해 어느 정도 알 수 있다는 게 신기하네요."

"거봐, 쉽다니까. 그리고 재미있을 거야. 다음에 만날 때는 네가 적은 버킷 리스트 중에서 하나를 실행하고 오는 것이 숙제야."

"아…… 여기도 숙제가 있군요."

"파워의 힘을 쓰는 근육을 만들고, 또 무엇보다도 가슴 신호등을 살리는 작업이 되어줄 거야. 그러기 위해 이번 주에 버킷 리스트 중 하나를 네 자신에게 선물해 주는 거야. 그러다 보면 조금씩 네 꽃을 피울 수 있는 힘이 길러질 거야."

"예!"

큰산은 지훈에게 미소를 지으며 말했다.

"자, 이제 집으로 돌아가야지? 다음에 또 만나자고."

지훈이 해먹 위로 올라갔다. 큰산이 손으로 눈을 감겨주자, 지훈은 깊은 잠에 빠져들었다.

"지훈아, 일어나! 너 오늘 아르바이트 가는 날이잖아."

엄마의 목소리에 잠이 깬 지훈은 자신이 해먹이 아닌 자기 방의 침대 위에 누워 있는 것을 보고 깜짝 놀랐다. 지훈은 일어나 앉아 고개를 휘저었다. 꿈이라고 하기엔 너무나 생생했다. 그는 책상에 자기가 쓴 버킷 리스트가 거짓말같이 올려져 있는 것을 보고 다시 한 번 놀랐다.

이게 어떻게 된 건지 어리둥절하긴 했지만, 그게 설령 꿈속이라고 해도 큰산과의 만남이 뭔가 특별하게 다가왔다. 그가 들려준 이야기들이 여전히 귓가에 맴돌았다. 그러면서 큰산의 말대로 앞으로 어떻게 자신만의 꽃을 피워나가게 될지 궁금하고 은근히 기대가 되기까지 했다.

– 나의 꽃을 피우려면 내가 무엇을 좋아하는지 알아야 한다.

– 좋아하는 일은 전문가의 시간인 10년을 버틸 수 있게 한다.

– 또 좋아하는 일을 하면 파워의 힘이 나온다.

– 그 파워는 나를 저절로 웃게 만들고 몰입하고 집중하게 만든다.

– 그러므로 좋아하는 일을 하면 나는 전문가가 되어 꿈을 이루게 될 확률이 높아진다.

– 좋아하는 일을 찾는 가장 좋은 방법은 버킷 리스트를 쓰고 그것들을 하나씩 실행하는 것이다. 그러면 파워의 힘이 커지고 가슴 신호등이 살아나서 나에 대해 더 잘 알 수 있게 된다.

이렇게 정리가 되자, 지훈은 큰산의 말을 한번 믿고 가보기로 했다. 그래서 버킷 리스트 목록들을 다시금 살펴보고 이번 주에 무엇을 실천에 옮길지 생각했다.

버킷 리스트 작성하기

좋아하는 것이 무엇인지를 찾는 가장 쉽고 강력한 방법은 버킷 리스트를 써보는 것이다. 자신이 좋아하는 것, 갖고 싶은 것, 하고 싶은 것, 경험하고 싶은 것을 순서에 상관없이 다 적는다. 사소한 것부터 적는 편이 쉽다. 어떻게 이루어낼지 계산하지 말고 그냥 느낌이 오는 대로, 생각이 나는 대로 적는다.

1 __________

2 __________

3 __________

4 __________

5 __________

6 __________

7 __________

8 __________

9 __________

10 __________

11

12

13

14

15

16

17

18

19

20

직업 흥미 검사

직업 흥미 검사로 자신이 흥미를 느끼는 직업 다섯 가지를 찾아보자. 그리고 흥미 직업 다섯 가지를 버킷 리스트 목록에 넣어서 자신의 버킷 리스트를 완성한다.

직업 흥미 검사는 다음 사이트에 들어가면 무료로 할 수 있다.

커리어넷 직업 흥미 검사 http://www.career.go.kr

워크넷 직업 흥미 검사 http://www.work.go.kr

나의 흥미 직업 다섯 가지

1 ______________________________

2 ______________________________

3 ______________________________

4 ______________________________

5 ______________________________

두 번째 만남

"어떤 때 행복을 느끼냐고요?"

가슴 신호등으로 찾은 나만의 길

지훈은 자신이 다녔던 중학교에 찾아갔다. 버킷 리스트의 27번째 항목, "내가 살았던 곳, 모교 방문하기"를 실천하기 위해서였다. 운동장에서는 아이들이 축구를 하고 있었다. 지훈은 운동장 한쪽 벤치에 앉았다. 중학교 때는 크게만 보이던 운동장이 참 작게 느껴졌다.

'그때는 정말 아무 걱정 없이 살았는데…… 중학교 다닐 때 난 뭐가 되고 싶어 했더라?'

지훈은 운동장을 바라보며 생각에 잠겼다. 축구를 하던 아이들이 모두 집으로 돌아간 뒤에도 한참 동안 지훈은 벤치에 그대로 앉아 있었다.

그로부터 일주일이 지난 밤……

"할로!"

큰산의 목소리에 지훈이 눈을 번쩍 떴다.

"잘 지내셨어요?"

큰산은 인사 대신 해먹에 누워 있는 지훈에게 물을 한 잔 건넸다. 지훈이 일어나 앉아 물을 마셨다. 큰산도 콧노래를 부르며 옆 해먹에 앉았다.

"그래, 어떤 버킷 리스트를 실행해 봤어?"

"네. 제가 나온 중학교에 다녀왔어요."

"오예! 어땠어?"

"중학교 땐 운동장이 참 커 보였는데 이젠 작아 보이더라고요. 그리고 중학교 때 제 꿈이 뭐였는지도 떠올려봤어요. 그땐 선생님이 되고 싶었더라고요."

"선생님이 되고 싶었구나."

"그리고 저 아르바이트를 새로 구했어요. 패밀리 레스토랑에서 홀 서빙과 매니저 일을 하게 됐어요. 용돈을 벌어야 해서요."

"그래? 일은 어때, 재밌어?"

"그냥 그래요. 예전에 했던 일이랑 크게 다르지 않아서 익숙해요. 어렵지도 않고요."

"일주일 동안 버킷 리스트도 실행하고 아르바이트도 구하고, 알차게 보냈네."

큰산의 칭찬에 머쓱해진 지훈이 머리를 긁적였다.

"지훈아, 너는 뭐할 때 가장 행복해?"

"행복할 때요?"

지훈은 곰곰이 생각해 보았다. '행복하다'고 느낀 순간이 언제인지 좀처럼 떠오르지 않았다. 대학에 합격했을 때였나?

"너만의 꽃을 피우려면 네가 뭘 할 때 행복한지 아는 게 도움이 되거든."

"잘 모르겠어요. 재수를 마치고 대학에 들어갔을 때 행복했던 것 같기도 하고. 근데 이건 무엇을 할 때 행복한 거라고 보긴 어려우니까…… 뭘 하면 행복할까, 이렇게 생각하면 저번에 직업 흥미 검사 때 썼던 다섯 가지 직업이 떠올라요."

"처음 우리가 만났을 때 기억나? 무엇에 대해 이야기했지?"

"좋아하는 것에 대해 얘기했죠. 좋아하는 것을 하면 전문가가 되는 데 필요한 10년의 시간도 버틸 수 있고, 포스가 아닌 파워의 힘이 나와 자연스럽게 행복해지고 몰입과 집중도 잘된다고 했어요."

"우와, 잘 기억하고 있네! 그래, 좋아하는 것을 하면 행복하단다. 그러니까 거꾸로 내가 행복할 때가 언제인지, 내가 무엇을 할 때 행복한지를 안다면 내가 무엇을 좋아하는지도 알 수 있을 거야. 한번 생각해 봐. 무엇을 할 때, 언제 제일 행복한지……"

"글쎄요. 우선 여행할 때 행복하구요. 또……"

"좋아, 행복할 때가 언제인지 찬찬히 적어보고 이야기 나누자."

지훈은 큰산이 내어준 종이를 채워나가기 시작했다. 큰산은 지난번처럼 경쾌한 음악을 틀어주고 향기로운 꽃차를 가져다주었다. 지훈은 음악을 들으며 자신이 행복했던 때를 하나씩 둘씩 떠올렸다.

1. 가족들과 함께 전국 각지로 여행할 때

2. 맛집을 찾아가 맛있는 것을 먹을 때

3. 헬스장에서 운동할 때

4. 아르바이트 동기들과 함께 즐겁게 일할 때

5. 여자 친구와 함께 맛있는 걸 먹을 때

6. 누군가를 가르칠 때

지훈은 쓰기를 멈추고 한참을 펜대만 굴렸다.

"더 이상 못 찾겠네요. 떠오르질 않아요."

"그래? 그러면 우선 쓴 것들만 가지고 이야기를 해볼까?"

지훈은 자기가 쓴 것들을 하나하나 짚으면서 그때 왜 행복했는지 큰산에게 이야기를 하기 시작했다. 이야기를 다 듣고 난 뒤 큰산이 물었다.

"행복한 순간들을 이야기하고 나니까 기분이 어때?"

"좋아요. 아, 또 파워를 쓰고 있네요."

"응. 우리가 처음 만났을 때는 네가 하고 싶은 일, 좋아하는 일을 적고 이야기를 나눴지. 오늘은 네가 어떤 때 행복한지 이야기를 나눴어. 이 행복한 느낌을 기억해 둬! 이렇게 몰입이 되고 기분이 좋고 가슴 뛰는 순간을 기억하는 것이 중요하단다. 우리는 언제부터인가 자기가 무엇을 좋아하는지, 무엇을 하고 있으면 행복한지를 잊어버렸어. 가슴 신호등이 고장 나버렸기 때문이야. 내가 무엇을 좋아하는가, 내가 언제 행복한가, 바로 이 두 물음에서 자신의 꿈 찾기가 시작된단다."

지훈은 고개를 끄덕였다.

“내가 어떤 때 행복한지를 아는 또 한 가지 방법으로 ‘가슴 뛰는 동사 찾기’(62쪽 참조)가 있어.”

“가슴 뛰는 동사요?”

“응, 사람마다 가슴 뛰는 동사가 달라.”

큰산은 동사들의 목록이 적힌 종이를 주면서 가슴 뛰는 동사 다섯 가지를 찾게 했다. 종이에는 수많은 동사들이 적혀 있었는데 정말이지 몇몇 동사를 보는 순간 지훈은 가슴이 뛰는 게 느껴졌다. 그런가 하면 어떤 동사들은 별다른 느낌 없이 휙휙 지나치게 되었다. 글자일 뿐인데도 어떤 에너지가 전해지는 기분이었다.

마침내 지훈이 가슴 뛰는 동사 다섯 개를 찾았다.

1. 여행하다
2. 모험하다
3. 음미하다
4. 몸을 쓰다
5. 정리하다

“오예! 가슴 뛰는 동사를 다 찾았구나! 기분이 어때?”

"신기해요. 이렇게 제 가슴을 뛰게 하는 동사가 있네요."

"그럼! 이 가슴 뛰는 동사들은 모두 '가슴 신호등'하고 밀접하게 연결되어 있단다."

"그런데 계속 '가슴 신호등'을 말씀하시는데, 그게 정확히 뭐예요?"

"아, 가슴 신호등? 우리 가슴 신호등을 한번 만들어볼까? 만들어보면 그게 뭔지 바로 알 수 있지. 가슴 신호등은 자기가 뭘 좋아하는지, 무엇을 할 때 행복한지 알려주는 신호등이거든."

큰산이 웃으면서 말했다.

"아하. 근데 그걸 어떻게 만들어요?"

"쉬워. 네가 좋아하는 것들의 목록과 행복했던 순간들의 목록을 합친 다음 그것들의 공통점을 찾아서 마인드맵으로 정리하는 거야. 그 마인드맵이 바로 가슴 신호등이라고 할 수 있어."

"그게 정리가 되나요?"

"응. 먼저 내 가슴 신호등부터 보여줄게."

큰산은 자신의 가슴을 뛰게 하는 일들을 몇 개의 카테고리로 일목요연하게 그리더니 하나하나 설명을 하기 시작했다.

"내가 좋아하는 단어는 '즐기다, 쉬다, 가르치다, 사랑하다, 글쓰다'이지. '즐기다'에는 '카약킹, 오토바이, 낚시, 등산, 산책' 같은 것이 해당되고, '쉬다'에는 '자연, 시골집, 제주도' 같은 키워드가 해당돼. 그리고 '가르치다'와

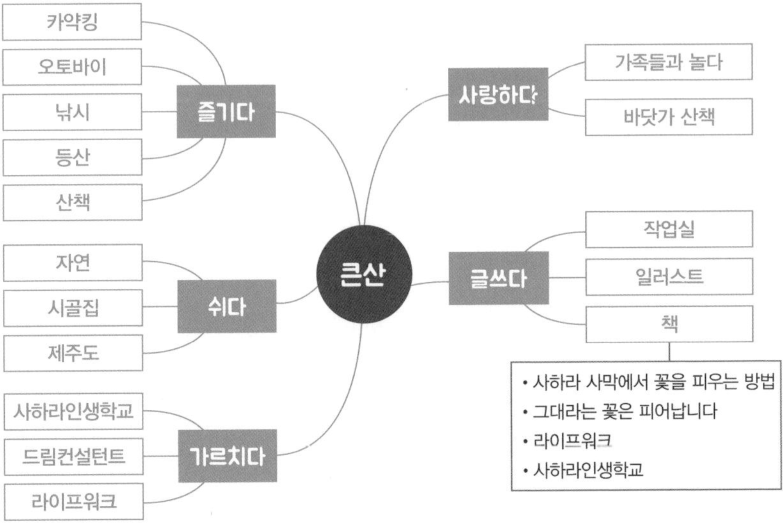

'글쓰다'에는 나의 일이나 전공과 관련된 것들이 들어가고, '사랑하다'에는 내 가족과 연관된 것들이 들어가고……"

"우와! 이걸 보니 큰산이 어떤 사람인지 잘 알겠어요."

"그래, 나, 이런 사람이야. 하하. 너도 이렇게 가슴 신호등을 그림으로 그려봐. 그러면 자기 자신에 대해 더 깊이 이해할 수 있단다. 가슴 신호등을 그릴 때는 먼저, 가슴 뛰는 동사와 버킷 리스트 목록들을 연결해 봐. 그러면 몇 개의 카테고리가 생길 거야. 그리고 가슴 뛰는 동사와 버킷 리스트 중에서도 동기가 같은 것들을 연결하면 역시 카테고리로 묶일 거고. 이렇게 생긴 카테고리들을 중심으로 가슴 신호등을 그리면 돼."

큰산이 설명한 대로 지훈도 자신의 가슴 신호등을 그리기 시작했다. 그리고 가슴 신호등을 그려보니 정말로 자신이 무엇을 좋아하는지, 무엇을 할 때 행복한지 더 잘 알 것 같았다.

"어때? 이제 가슴 신호등을 그려보니까 네가 무엇을 좋아하는지, 어떨 때 행복한지가 좀 뚜렷해졌지?"

"예, 생각보다 쉽네요. 그리고 저 자신에 대해 좀 더 이해할 수 있을 것 같고요."

"오예! 그럼, 나한테 한번 설명해 줄래?"

"예, 저는 여행하는 것이랑 모험하는 것 좋아해요. 그래서 그런지 그것과 관련된 버킷 리스트가 많네요. 또 '음미하다'라는 단어도 좋아해요. 어렸을 때부터 부모님과 함께 맛집을 찾아가 식사할 때 정말 행복했거든요. 지금도 종종 여자 친구랑 그런 델 찾아다니기도 해요. 그리고 몸을 쓰는 것도 무척 좋아해요. 그래서 한때 헬스장에서 일하고 싶다는 생각도 했을 정도니까요. 마지막으로 내가 좋아하는 것들을 직업하고 한번 연결시켜 봤어요."

큰산이 고개를 끄덕이며 말했다.

"지훈아, 네가 이제 무엇을 좋아하고 무엇을 할 때 행복한지 알 것 같지? 꿈이라는 건 이렇게 자신이 무엇을 좋아하고 언제 행복한지를 아는 데서 시작해. 바로 자기 자신을 사랑할 때 진짜 꽃을 찾을 수 있다는 말이지. 이번 주에도 가슴 신호등을 보면서 네 자신에게 선물을 하나 해주

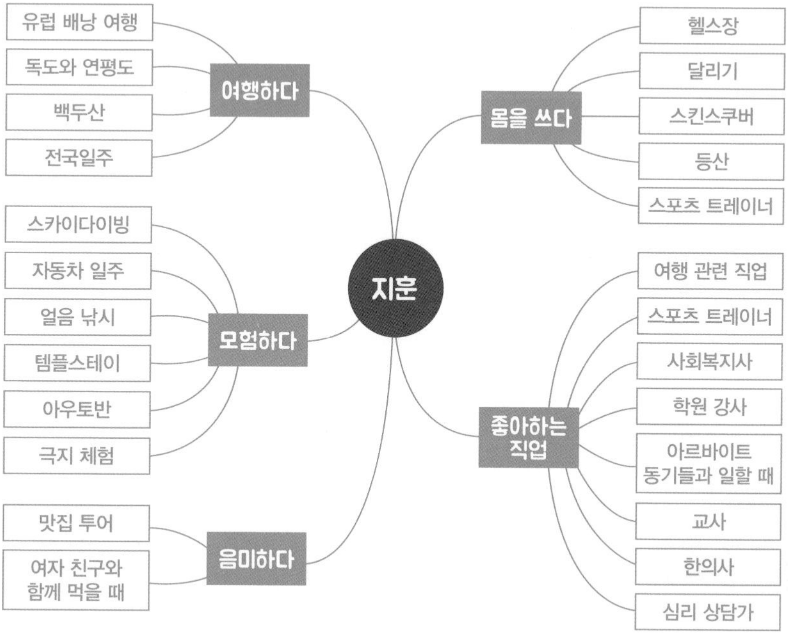

렴. 버킷 리스트와 가슴 신호등 가운데서 마음에 드는 것 하나 실행하기! 아주 행복한 숙제야."

"아, 좋아요."

"그래, 다음에 또 만나자."

지훈이 해먹 위로 올라갔다. 이번에도 큰산이 손으로 눈을 감겨주자, 지훈은 곧 깊은 잠에 빠져들었다.

지훈이 침대 위에서 일어났다. 책상 위에는 가슴 신호등이 그려진 종이가 놓여 있었다. 지훈은 그림을 다시 한 번 살펴보고 책상 앞에 붙였다. 책상 앞에는 버킷 리스트 목록과 가슴 신호등 그림이 나란히 붙어 있었다.

책상 앞에 붙은 종이들을 들여다보며 가슴 뛰는 동사니 가슴 신호등이니 큰산에게 들은 것들을 떠올려보는데, 문득 이런 것들이 정말 꿈을 찾아줄 수 있을까 하는 조금 의아스러운 기분이 들었다. '이거 혹시 개꿈 아냐?' 하는 괜한 생각도 스쳤다.

하지만 뭐, 중간에 그만두어도 된다고 했으니 한번 속는 셈치고 끝까지 가보기로 했다. 무엇보다 내가 좋아하고 행복해하는 것에서 내 꿈을 찾을 수 있고 내 직업도 찾아갈 수 있다면, 그것만큼 좋은 일도 없을 것 같았다.

지훈은 책상 앞의 버킷 리스트와 가슴 신호등을 보면서, 둘 중 어느 것을 먼저 자신에게 선물해 줄까 생각하기 시작했다.

행복할 때가 언제인지 적기

내가 언제 행복한지, 무엇을 할 때 행복한지를 적어본다.

1 ___

2 ___

3 ___

4 ___

5 ___

6 ___

7 ___

8 ___

9 ___

10 ___

가슴 뛰는 동사 찾기

아래의 동사 목록에서 총 다섯 개의 가슴 뛰는 동사를 선택한다. 이 동사들이 자신의 열정을 찾아가는 데 힌트를 줄 것이다.

가르치다	경쟁하다	돌보다	방목하다	세우다
간병하다	경주하다	돕다	방어하다	소유하다
간호하다	게임하다	들어주다	배달하다	소환하다
감독하다	계몽하다	디자인하다	번역하다	수리하다
감동시키다	고려하다	동기화시키다	변호하다	세일즈하다
감정하다	고안하다	만족하다	봉사하다	수여하다
강의하다	공유하다	만지다	부여하다	수집하다
강하게 하다	고치다	말하다	부흥하다	수행하다
기억하다	고취하다	맛보다	분배하다	숙달하다
기획하다	고양시키다	모형을 만들다	분류하다	승인하다
기안하다	관계하다	명시하다	분석하다	실험하다
기르다	관리하다	모으다	불러내다	심판보다
개선하다	광고하다	모험하다	빛내다	심판하다
거래하다	구매하다	명령하다	사랑하다	식별하다
건조하다	구상하다	메이크업하다	사용하다	스타일링하다
건축하다	구제하다	무역하다	사진 찍다	쓰다
검사하다	구조하다	묵상하다	산출하다	살리다
검토하다	구축하다	믿다	살다	안내하다
격투하다	굽다	반영하다	상담하다	알다
경영하다	그리다	멘토링하다	상상하다	약속하다
경작하다	글쓰다	받다	설계하다	여행하다
경호하다	기록하다	발견하다	설교하다	엮어주다
견디다	노래하다	발명하다	설득하다	연구하다
결정하다	대접하다	발표하다	섬기다	연기하다
결합시키다	내레이션하다	발전시키다	성취하다	연주하다

연출하다
열다
열중하다
영업하다
영양을 공급하다
요리하다
요구하다
완수하다
오르다
영향을 미치다
용서하다
외교하다
운전하다
웃게 하다
유지하다
육성하다
워킹하다
이끌다
의존하다
의사소통하다
이어주다
이해하다
이행하다
인도하다
인쇄하다
일하다
임대하다
자원하다
일구다
인테리어하다
작곡하다
장려하다
전시하다
정비하다
정제하다
제공하다
제시하다
제작하다
제조하다
조각하다
조달하다
조립하다
조언하다
조장하다
조직하다
조종하다
존경하다
존중하다
종사하다
주시하다
주식하다
주최하다
주장하다
준비하다
즐기다
지도하다
지시하다
지속하다
지지하다
지휘하다
진료하다
진행하다
집필하다
참여하다
착수하다
창작하다
창조하다
처방하다
채집하다
청소하다
촉진하다
추구하다
추진하다
춤추다
취재하다
측량하다
치료하다
치유하다
칭찬하다
출판하다
컨설팅하다
테스트하다
특권을 주다
활발하게 하다
해방시키다
향상시키다
회의를 이끌다
흥분시키다
훈련시키다

자신의 가슴 뛰는 동사 다섯 가지를 적어보자.

1 __________

2 __________

3 __________

4 __________

5 __________

가슴 신호등 그리기

자신의 버킷 리스트 목록과 행복할 때의 목록, 그리고 가슴 뛰는 동사 목록 중에서 서로의 공통점을 찾아 가슴 신호등을 그려본다.

세 번째 만남

"어릴 때는 꿈꾸는 게 즐거웠지만 지금은......"

꿈의 히스토리,
그 안에 숨은 열정 찾기

지훈은 버킷 리스트 목록과 가슴 신호등 그림을 보면서 자신에게 무엇을 선물할지 고민한 끝에, 평소 하고 싶었던 헬스를 시작하기로 했다. 집 근처 헬스장에 등록한 뒤 아침 시간을 이용해 운동을 하고, 오후에는 레스토랑에서 아르바이트를 했다.

아침저녁으로 몸 쓰는 일을 해서 그런지 조금 힘들었다. 게다가 마음 한편에 취업과 상관없는 일에 이렇게 돈과 시간을 쓰는 것이 잘하는 일인가 하는 의구심도 올라왔다.

큰산과의 세 번째 만남이 예정된 밤이었다.

"할로!"

큰산의 목소리에 지훈은 해먹에서 일어나 말없이 고개를 숙여 인사했다.

"한 주 어떻게 보냈니?"

"버킷 리스트 목록 중에서 그동안 하고 싶었던 헬스를 시작했어요. 오전에 헬스하고 오후엔 아르바이트를 하느라 집에 돌아오면 피곤해서 막 쓰러져요."

지훈은 큰산에게 말하고 나서 목과 어깨를 돌리며 여전히 피곤하다는 듯한 표정을 지었다. 그러다가 일주일 동안 고민했던 것을 큰산에게 털어놓았다.

"사실은 돈도 그렇고 시간도 많지 않은데 버킷 리스트를 실천한다는 게 좀 부담이 돼요. 잘하는 짓인가도 싶고, 비현실적이란 생각도 들고요…… 또 제 주위 친구들을 봐도 아주 부자 아니면 다들 공부에, 아르바이트에 정신없는데…… 그런 애들이 버킷 리스트 실행을 꿈이나 꾸겠어요? 정말 이 방법이 맞긴 한 건가요?"

그런 지훈을 물끄러미 바라보더니 큰산이 이야기를 시작했다.

"한 청년 이야기를 해줄게. 그 친구는 대학을 졸업하고 나서도 도대체 무얼 하며 살아야 할지 몰라서 스스로에게 묻다가 어느 날은 하루 종일 울었어. 그동안 부모님, 선생님, 그리고 온갖 책들에서 듣고 읽은 이야기들…… 그들이 하는 말에 끌려 다니며 잔뜩 겁먹은 채 살아왔다는 생각이 들고, 자기 의지보다는 그들이 하는 말에 휘둘려 살아왔다는 생각이 들면서 억울하고 분한 마음이 치밀었던 거지.

그리고 이제부터 자신은 진짜 하고 싶은 것만 하고 살겠다고 다짐했어. 그러고는 그 목록을 써내려갔지. 너처럼 버킷 리스트를 적은 거야. 그리고 그것들을 하나씩 실천하기 시작했어. 패러글라이딩하기, 열기구 타기, 연극 배우로 무대에 서보기, 긴 머리 휘날리며 오토바이 타기, 백두대간 등반하기, 전국 일주하기, 캠핑카 타고 여행하기, 책 쓰기, 세계 일주하기, 그림 배우기, 카페 열기 등…… 그렇게 이것저것 경험을 해보는 가운데 마침내 자신이 진짜 하고 싶은 일을 발견한 거야."

"그 청년이 진짜 하고 싶은 일이 뭐였는데요?"

"응, 자기처럼 꿈을 잃고 힘들어하는 사람들에게 꿈을 찾아주는 일을 하고 싶었지. 그래서 여러 스승을 찾아가 배우고 공부해서 지금 바로 네 앞에서 있게 된 거야."

"제 앞에요? 그럼, 그 청년이 바로 큰산이란 거예요?"

"지훈아, 버킷 리스트로 어떻게 자신의 꽃을 찾을 수 있느냐고 물었지? 그래, 나도 바로 그렇게 해서 내 꽃을 찾고 피워냈단다. 또 이곳에서 꽃을 피워낸 많은 선배들도 그걸 증명하고 있고 말이야."

큰산도 그런 식으로 자신의 꿈을 찾아갔다니, 지훈은 잠시 할 말을 잃었다. 그러면서 마음 한편에서 큰산과 여러 선배들이 애써 찾아간 길, 꽃을 피운 과정이 실제로 어땠을지 궁금하기도 했다.

"그런데 지훈아, 헬스장에서 운동하는 게 정말 싫었니? 그게 네 버킷 리스트 중 하나였는데……"

"아뇨, 싫지는 않았어요. 운동을 하니까 개운하고 상쾌하고 좋았어요. 하지만 저녁에 아르바이트를 하니까 체력이 달리기도 하고, 돈과 시간을 낭비하는 게 아닌가 걱정도 들고…… 솔직히 아직도 그런 의구심이 없지는 않아요. 하지만 한편으론 또 궁금하기도 해요. 저도 큰산처럼 꿈을 찾을 수 있게 될지…… 좋아요, 한번 계속 해볼게요."

"하하하, 어쨌든 좋아. 그럼 오늘도 해보자꾸나! 먼저 하나 물어볼게. 지훈아, 초등학교 때 꿈은 뭐였니? 중학교 때는? 또 고등학교 다닐 때는?"

"중학교 때는 선생님이었고, 고등학교 때는 한의사……"

"많은 사람들이 꿈을 물으면 특정 직업을 얘기해. '선생님'이나 '한의사'처럼 말이야. 그래서 그 특정 직업을 갖지 못하면 꿈을 이루지 못한 실패자라고 생각하지. 그렇지 않니?"

"맞아요. 저도 성적 때문에 한의대를 포기하고 난 뒤 제가 실패자라고 생각됐거든요."

"그렇게 생각하며 살아가는 사람들이 뜻밖에 아주 많아."

큰산은 작게 한숨을 쉬었다. 그러곤 책꽂이에서 상자 하나를 꺼내 테이블 위에 놓았다. 상자 안에는 누렇게 색이 바랜 종이 몇 장과 책 한 권, 사진 몇 장이 들어 있었다.

"이게 다 뭐예요?"

"큰산의 '꿈의 히스토리'야."

"꿈의 히스토리요?"

"응. 내 꿈이 어떻게 변화되어 왔는지 보여주는 것들이지."

지훈이 몸을 바짝 끌어당겨 상자 속 물건들을 들여다보았다. 큰산이 처음 꺼내든 건 누렇게 변한 작은 종이였다. 종이에는 아주 비뚤비뚤한 글씨로 '선생님'이라고 씌어 있었다.

"이건 초등학교 때 내가 꿈꾸었던 직업이야. 초등학교 4학년 때, 담임선생님이 친구의 허벅지에 난 종기를 치료해 주시는 모습을 보게 되었어. 선생님은 와이셔츠에 피고름이 튀는데도 아랑곳하지 않고 친구의 종기를 치료해 주셨지. 그 모습에 큰 감동을 받았던 것 같아. 나 역시 그런 선생님이 되고 싶다고 생각했으니까. 중학교에 들어가서도 여전히 이 꿈을 갖고 있었단다."

큰산이 이번에는 사진을 하나 꺼내들었다. 큰산을 꼭 닮은 중학생 남자아이가 한 아저씨와 함께 찍은 사진이었다. 뒤로는 교회 건물이 보였다.

"중학교 때, 목사가 되어야겠다고 생각한 적이 있었어. 아버지께서 목사셨거든. 힘든 사람들을 위로하고 도와주는 아버지의 모습이 존경스러웠어."

지훈이 사진을 좀 더 자세히 들여다보는 사이, 큰산은 상자에서 책 한 권을 꺼냈다. 《동의보감》이라는 소설책이었다.

"그리고 중학교 3학년이 되었을 때, 나도 지훈이 너처럼 꿈이 '한의사'로 바뀌었어. 이 소설을 읽고 나서 한의사가 되고 싶어진 거야. 허준이 침과 약으로 아픈 사람들을 치료하는 모습이 마음에 크게 와 닿았지."

큰산이 그 다음으로 꺼내든 건 TV 의학 드라마의 포스터였다.

"고등학교 1학년 때는 의학 드라마를 보면서 다시 한의사에서 외과 의사로 꿈을 바꾸었어."

"맞아요. 저도 한의사를 꿈꾸게 된 게 TV에서 〈허준〉이라는 드라마를 보고 나서예요."

"그렇게 TV나 책의 영향을 받게 되지. 하지만 고 3이 되자 꿈이 또 바뀌었단다. 우선 성적이 의대나 한의대를 갈 만큼 되지가 않았지. 또 사람의 몸을 직접 치료한다는 게 자신이 없었어. 피가 무서웠거든."

"피가 무서웠다고요?"

지훈은 속으로 큰산도 자기와 똑같이 평범한 사람이구나 생각이 들었다.

"응. 그래서 나는 사람의 몸보다는 마음을 돌보는 상담가나 목사가 되어야겠다고 생각했지."

지훈이 이해가 된다는 듯 고개를 끄덕이며 물었다.

"꿈꾸던 직업이 여러 번 바뀌었네요?"

"맞아. 내 꿈은 교사에서 한의사, 목사, 의사, 상담가 순으로 바뀌었어. 그런데 중요한 건 직업은 바뀌었지만 그 안에 변하지 않은 한 가지가 있었다는 거야."

"그게 뭔데요?"

지훈은 서로 관련이 없어 보이는 직업들 가운데 변하지 않은 한 가지가 무엇일까 몹시 궁금했다.

"직업은 계속 바뀌었지만, 나는 '사람들을 돕는다, 치료한다, 치유한다' 그런 부분에 꾸준히 관심이 있었던 거야. 담임선생님이 친구를 치료해 주시는 모습을 보고 감동해서 선생님이 되고 싶어 했고, 아버지가 다른 이들을 돕는 모습에 감동해 목사가 되고 싶었고, 허준이나 외과 의사들이 사람들을 치료해 주는 모습에 감동해서 한의사나 의사가 되고 싶어 했지. 상담가도 사람들을 도와주고 치유해 주는 사람이잖아. 그러니까 나는 누군가를 도울 때, 특히 몸이나 마음이 아픈 사람을 치료하거나 치유해 줄 때 기쁘고 행복하다는 느낌이 든다는 거지."

"듣고 보니 정말 그렇네요. 직업이 바뀌어도 그 부분은 계속 반복되고 있었어요."

"그래. 그런 식으로 나뿐만 아니라 모든 사람의 마음속에는 바뀌지 않는 부분이 있단다. 나는 이걸 열정이라고 표현해. 그래서 이른바 꿈이라는 것은 변하지 않는 '열정'과 그 열정이 잘 드러날 수 있는 통로인 '직업'으로 이루어져 있다고 말할 수 있어. 그리고 열정은 쉽게 바뀌

꿈꾸는 직업 5가지의 공통점(큰산의 예)

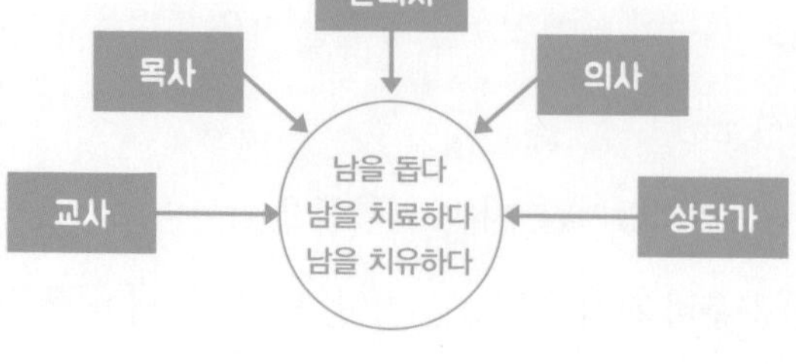

지 않지만, 직업은 경험이 늘거나 환경이 바뀌면 언제든지 바뀔 수 있단다. 대개 자신의 열정이 가장 효과적으로 표현되고 표출될 수 있는 통로를 발견했을 때 그걸 직업으로 선택하거든. 그래서 자신의 변하지 않은 열정을 찾는 게 중요해."

지훈은 꿈에 대해 이렇게 설명하는 건 처음 들어봐서 한편으로는 몹시 반가우면서도, 왜 그동안 누구도 이렇게 간단명료하게 알려주지 않았는지 안타까운 생각도 들었다. 진즉에 이런 얘길 들었다면 아마도 자신이 꿈을 이루지 못한 실패자니 꿈이 없는 사람이니 하는 생각을 이렇게 오랫동안 품고 살진 않았을 것이기 때문이었다.

꿈=열정+직업

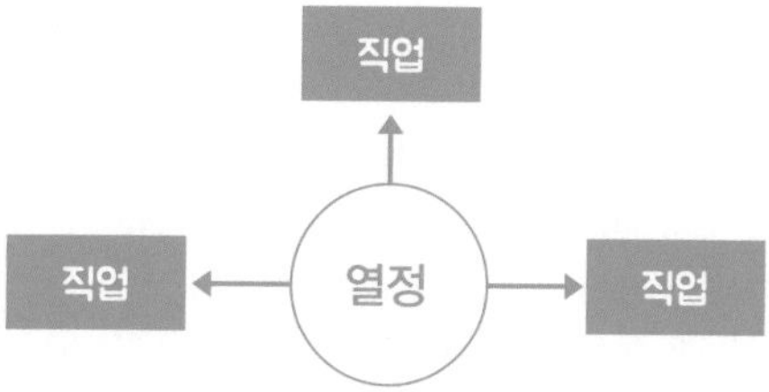

"그러니까 꿈은 직업과 그 직업을 선택하도록 이끄는 열정으로 이루어졌다는 거죠? 제게도 그렇게 변하지 않는 열정이 있을까요? 살면서 제가 열정을 가졌던 일이 있는지 잘 모르겠어요."

"분명히 있지! 오늘은 너의 열정을 함께 찾아보자! 아까 내가 내 꿈의 히스토리를 알려줬지? '꿈의 히스토리' 작업이란 어린 시절부터, 그러니까 초등학교, 중학교, 고등학교 때부터 갖고 싶어 한 직업이 무엇이었는지, 또 어떤 영향을 받아서 그런 직업을 갖고 싶어졌는지 적어보는 작업이야. 그동안 살면서 수많은 직업 정보를 접했을 텐데, 왜 유독 특정 직업에만 관심을 갖게 되었는지 파헤쳐보는 작업이지. 이걸 보면서 자신의 열정을 찾을 수 있단다."

큰산은 펜과 함께 종이 한 장을 지훈에게 내밀었다. 그리고 물 한 컵을 내준 뒤, 지훈이 충분히 꿈의 히스토리를 쓸 수 있도록 배려해 주었다. 큰산은 그 시간 동안 꽃들을 다듬고 몇몇 꽃을 가판에 내놓기도 했다.

"다 했어요."

지훈이 종이를 내밀자, 큰산은 정성을 들여 꼼꼼히 읽기 시작했다.

"적고 나니 어때? 공통점을 찾아낼 수 있겠어?"

"쓰면서 생각해 봤어요. 저도 누군가를 도울 때 보람을 느끼는 것 같아요."

"그렇구나! 나랑 비슷해. 너의 첫 번째 열정이 '누군가를 도울 때'라니, 멋

지훈의 꿈의 히스토리

언제	꿈꾸는 직업	왜? 그리고 어떻게 되었는가?
중 1~2	교사	공부를 잘하던 시기였다. 그래서 친구들이 모르는 부분을 물어보면 잘 가르쳐주었는데, 그때 내가 교사가 될 수 있겠다고 생각했다.
중 3~ 고등학교	한의사	TV에서 드라마 〈허준〉을 보고 관심을 가졌다. 어머니 친구가 한의사여서 더 많은 정보를 얻을 수 있었다. 관련 서적까지 읽으면서 노력했으나, 고 3 시절 성적이 안 되어 포기했다.
재수 시절	심리 상담가	재수 시절 힘들 때 나름의 돌파구를 찾고자 상담을 받았는데, 그때 오히려 내가 다른 사람의 말을 잘 듣거나 공감하는 능력을 갖고 있다고 생각되어서 상담가가 되면 좋겠다고 생각했다.

진데!"

"이번에는 너의 버킷 리스트 목록과 가슴 신호등 그림을 보면서 공통점을 찾아보자."

지훈은 자신이 쓴 버킷 리스트와 가슴 신호등 그림을 번갈아 들여다보며 공통점을 찾으려고 집중했다. 하지만 공통점이 무엇인지 좀처럼 알 수가 없었다.

"어렵네요. 공통점이 전혀 없는 것 같은데요."

"그렇지 않아. 난 벌써 찾았는걸?"

"그래요? 전 아무리 들여다봐도 공통점이 안 보여요."

"좋아! 먼저 스카이다이빙, 자동차 일주, 유럽 배낭 여행, 얼음 낚시, 독도와 연평도 방문, 템플스테이, 아우토반, 극지 체험, 월드컵 관람, 카지노 가기, 스킨스쿠버, 백두산 여행, 거기에 전국 여행까지. 네 버킷 리스트에 있는 활동들이야. 공통점이 뭘까?"

"음…… 아, 뭔가 체험한다는 점이 같네요. 그러고 보니 전 몸으로 직접 무언가를 체험할 때 즐겁고 신나요."

"자, 그럼 두 번째 공통점은 모험이나 뭔가 몸으로 체험을 할 때 즐겁고 신이 난다는 거네. 그래서 흥미 직업 검사에 여행 관련 직업이 있었구나!"

"아하, 그렇네요? 이렇게 간단하게 찾을 줄이야!"

"원래 이렇게 간단하고 쉬워. 그럼 세 번째 공통점은 네 힘으로 한번 찾아봐."

지훈은 다시 들여다보았다. 신기하게도 세 번째 공통점이 바로 눈에 들어왔다.

"찾았어요! 두 번째 공통점과 좀 비슷하긴 한데. 저는 몸을 쓰거나 뭔가를 만드는 걸 좋아해요. 그래서 버킷 리스트에 몸 만들기, 달리기, 스킨스쿠버 같은 활동들이 있어요. 이것과 이어진 흥미 직업은 스포츠 트레이너고요."

"오예! 그럼 세 번째는 몸을 쓰는 것을 좋아한다는 거네. 또 뭐가 있을까?"

"네 번째는……"

하지만 네 번째 열정은 그렇게 빨리 눈에 들어오지 않았다. 지훈이 한참 종이만 들여다보고 있자, 다시 큰산이 나섰다.

"네가 쓴 흥미 직업 다섯 가지는 상담 전문가, 여행 관련 직업, 스포츠 트레이너, 사회복지사, 학원 강사였지. 이 직업들을 통해 대하게 되는 대상은 누굴까?"

"당연히 사람들이죠. 아, 알겠어요! 저는 사람들과 만나고 그들을 대상으로 일할 때 행복하다고 느끼는군요! 그러고 보니 그럴 때 즐겁고 보람을 느껴요."

"맞았어! 이제 그만 정리해 볼까? 너의 열정은 첫째 남들을 도울 때, 둘째 체험이나 모험처럼 몸으로 경험할 때, 셋째 활동적으로 움직이고 몸으로 에너지를 발산할 때, 넷째 사람들을 만나서 일할 때 발휘가 된다고 정리할 수 있겠다."

"대학교 다니면서 왜 그렇게 힘들었는지 이제 알겠네요. 매일 도서관에 혼자 앉아 종일 컴퓨터를 만지면서 작업하거나 공부를 했거든요. 몸으로 활동하거나 에너지를 발산하는 것도 없고, 친구들이나 사람들과 함께하는 시간도 없었어요. 그래서 학교에선 행복하지 않고 힘들었나 봐요."

"그랬구나. 이제 네가 언제 어떤 일에서 열정을 느끼는지 알았으니 너의 그런 열정이 뿜어 나올 수 있는 직업들을 찾으면 되겠다. 그게 바로 너의 꽃을 피우는 방법이기도 하거든."

지훈은 그동안 자신을 이해해 주지 않은 것 같아 스스로에게 미안했다. 하지만 자신의 미래를 앞으로 어떻게 만들어가야 할지에 대한 좋은 기준이 생긴 것 같아 마음이 놓였다.

큰산은 책꽂이에 놓여 있던 투명 플라스크 하나를 꺼내 테이블 위에 올려놓았다. 그리고 지훈의 버킷 리스트와 가슴 신호등, 열정이 적힌 종이를 접어 플라스크 안에 집어넣었다. 그런 뒤 꽃을 가져와 꽃잎 몇 개를 뜯어 그 안에 넣고 오아시스 물을 부었다.

"종이가 젖잖아요!"

"응, 괜찮아. 이제 곧 있으면 신기한 일이 벌어질 거야."

큰산은 웃으면서 플라스크에 마개를 끼웠다. 그러고는 지훈의 손을 끌어 플라스크를 잡게 했다.

"자, 이제 눈을 감아. 플라스크를 양손으로 잡고 네 가슴에 갖다 대봐."

지훈은 큰산이 말한 대로 플라스크를 가슴에 갖다 대었다. 그러자 이상하게 플라스크에서 작은 떨림이 전해졌다. 잠시 후 지훈이 조심스럽게 눈을 떴을 때, 큰산이 그 어느 때보다 활짝 웃고 있었다.

“자, 플라스크를 봐. 그리고 인사해. 네 씨앗에게.”

지훈은 플라스크 안을 들여다보았다. 거짓말처럼, 그 안에 아주 작은 씨앗이 들어 있었다. 지훈은 플라스크 안에 있는 씨앗에서 눈을 뗄 수가 없었다. 큰산이 부드러운 목소리로 말했다.

“드디어 지훈이 네 꽃의 씨앗이 세상으로 나왔구나. 멋지다.”

“정말 기뻐요. 그리고 신기해요. 이런 씨앗이 제 안에 있었다니.”

지훈은 부모님께 큰 칭찬을 들은 어린아이처럼 쑥스러운 표정을 지었다.

“내가 좋아하는 것이 무엇인지, 행복할 땐 언제인지, 그리고 나의 열정은 무엇인지 아는 것에서 꿈의 씨앗을 찾을 수 있어. 이제 다음 밤부터는 이 씨앗에서 싹을 틔워보자.”

큰산은 플라스크를 다시 원래 자리에 두었다. 지훈의 씨앗이 플라스크 안에서 반짝 빛났다.

“오늘은 여기까지. 한 주 잘 보내고 와. 이번에도 너의 버킷 리스트나 가슴 신호등 중에서 하나를 실천해 보면서 맘껏 누리고 오렴. 그냥 네 자신에게 선물해 준다 생각하고 부담 없이 즐기면 돼.”

지훈은 해먹 위로 올라갔다. 큰산이 손으로 눈을 감겨주자 바로 잠에 빠져들었다.

자신의 꽃을 피우는 3단계

<u>꿈의 히스토리 쓰기, 버킷 리스트와 가슴 신호등에서 공통점 찾기</u>

과거에 꿈꾸었던 여러 가지 직업들, 즉 꿈의 히스토리를 적어본다. 그 이유들을 적다 보면 공통점을 발견할 수 있다.

언제	꿈꾸는 직업	왜? 그리고 어떻게 되었는가?
공통점		

네 번째 만남

"그냥 점수로 전공을 선택했거든요"

열정이 어떻게 직업으로 연결되는가?

지훈은 버킷 리스트 목록과 가슴 신호등 그림을 보면서 자신에게 무엇을 선물할지 생각에 잠겼다.

'그래, 이번엔 스테이크를 먹자! 맛집을 검색해서 은영이랑 함께 가는 거야.'

아르바이트 쉬는 날, 지훈은 여자 친구와 함께 강남에 있는 유명한 스테이크 집을 찾아가 맛있게 먹었다.

큰산과의 네 번째 만남이 예정된 밤, 지훈은 그 만남을 더욱 기대하는 마음으로 침대에 누웠다.

"할로!"

큰산의 목소리에 지훈은 미소를 잔뜩 머금은 얼굴로 해먹에서 일어났다.

큰산은 지훈을 반갑게 맞으며 지훈의 플라스크를 꺼내 들었다. 아주 조심스럽게, 깨지지 않도록 주의하며 플라스크를 테이블 위에 올려놓았다.

"우와! 씨앗에서 싹이 돋았네요? 전 아무것도 안 했는데!"

"네가 행복한 감정을 많이 느끼면 느낄수록 씨앗이 더 잘 자란단다. 한 주 동안 플라스크 안에서 자라나는 씨앗을 보면서 나는 네가 얼마나 행복한 시간들을 누리고 있는지 알 수 있었어. 어떤 버킷 리스트를 실행했기에 이렇게 싹이 난 거니?"

"별거 안 했는데…… 그냥 여자 친구랑 스테이크 맛집에 다녀왔어요."

"오예! 어땠어?"

"여자 친구와 먹으니까 좋았고요. 그 레스토랑 분위기도 제가 좋아하는 스타일이었고, 특히 스테이크 소스가 굉장히 독특하고 맛있었어요."

"그렇게 자신의 가슴 신호등을 믿어주고 실행해 주면 정말 신나고 재미있지. 그러면 씨앗은 자연스럽게 싹이 나고 꽃이 피어나게 되어 있어. 멋지다."

지훈은 신기한 눈으로 플라스크 안의 씨앗을 들여다보았다.

"지훈아. 네가 잘하는 것은 뭐야?"

지훈은 플라스크에서 눈을 떼고 큰산을 바라보았다. 갑작스러운 질문에 당황스러웠다.

"글쎄요. 갑자기 물어보니까 뭐라고 대답해야 할지 모르겠어요."

"자, 한번 생각해 봐, 네가 잘하는 거. 뭘까?"

지훈은 잠시 생각에 잠겼다. 하지만 '잘하는 것'이 무엇이라고 자신 있게 말할 만한 게 없었다. 누구나 잘하는 게 하나씩은 있다던데, 아무리 생각해도 떠오르지 않았다.

"잘 모르겠어요……"

"역시!"

"네?"

"지난 12년 동안 여길 찾아온 사람들한테 똑같은 질문을 했는데, 다 너처럼 대답했거든."

"정말요?"

"응. '잘 모르겠다' 아니면 '없어요' 하하하!"

지훈은 살짝 기분이 나빠졌다. 잘하는 것이 없다는 생각에 기운도 빠졌다.

"내가 슬프고도 재미있는 이야기 하나 해줄게, 잘 들어봐. 어느 숲 속 동물 학교 이야기야. 어느 날 동물들이 한데 모여 시시각각 변하는 미래 사회에 대비하자는 회의를 했어. 결론은 학교를 만들어 미래에 대비할 수 있는 실력을 갖춘 통합적인 동물을 양성하자는 거였지. 그래서 학교를 만들고, 아이들을 입학시켰단다.

아기 토끼와 오리, 다람쥐도 여기에 입학했어. 셋 다 한 가지씩 탁월한 재능을 갖고 있었단다. 토끼는 높이뛰기를 잘했고, 오리는 수영을 잘했고, 다람쥐는 나무타기에 재주가 있었지. 근데 그 외의 것들은 다 형편없었어. 학교 선생님과 아이들은 자신들이 못하는 부분을 더 열심히 하기로 마음먹었지.

토끼는 높이뛰기 연습 시간을 줄이고 수영과 나무타기를 연습했어. 그런데 나무타기를 하다가 떨어져 다리를 다치는 바람에 높이뛰기 실력마저 보통 수준으로 떨어지고 말았어.

오리도 수영 연습을 하지 않고 온종일 달리기와 나무타기만 연습했어. 시간이 지나니 달리기와 나무타기 실력은 늘었지만, 돌투성이 길을 달리고 거친 나무 등걸을 기어오르느라 물갈퀴가 다 찢어져 수영을 제대로 할 수 없게 됐지.

다람쥐도 마찬가지였어. 나무타기 대신 수영과 달리기 연습을 하느라 발톱이 다 닳아버려서 나중엔 나무 등걸을 움켜잡을 수조차 없었지. 결국 나무타기도 그만둬야 했어.

이렇게 셋 다 못하는 과목을 잘하려고 하다가 자신이 처음 갖고 있던 재능마저 잃어버리고 만 거야. 학교를 졸업할 즈음엔 자신들이 잘하는 게 있었는지조차 잊고 말았단다."

"진짜 슬픈 얘기네요. 근데 왠지 제 얘기를 듣는 것 같아요."

"그래. 어쩌면 이게 요즘 학교의 현실이지 않을까? 많은 학생들에게 잘하는 게 뭐냐고 물으면 대부분 잘 모른다고 대답해. 근데 재미있는 게 뭔지 알아? 못하는 게 뭔지 물어보면 너무 잘 알고 있다는 거야."

"그러고 보니 저 역시 그래요. 뭘 잘하냐고 물어보면 떠오르는 게 없는데, 못하는 게 뭔지 물어보면 서너 가지는 금방 댈 수 있어요."

"그래. 우리는 그 동물 학교 같은 현실 속에서 자라면서 자기의 재능이 무엇인지를 잊어버린 거야. 그러면서 자신감과 자존감까지 잃어버리게 된 거지."

지훈은 큰산의 이야기에 고개를 끄덕였다. 그동안 학교를 다니면서, 못하는 과목의 점수를 어떻게든 올리려고 학원과 과외를 전전했던 시간들이 떠올랐다. 좋은 대학을 가려면 못하는 과목이 없어야 했다. 한 번도 내가 무엇을 잘하는지를 찾고, 그걸 더 발전시키려는 노력을 기울여본 적이 없었다. 못하는 과목을 따라가기에도 바빴으니까. 큰산의 말대로, 그렇게 살아오면서 자신이 잘하는 게 뭔지 잊어버리게 된 것 같았다. 생각보다 너무 많은 시간을 낭비했다는 생각이 들었다.

"그런데 제가 동물 학교 이야기 속 토끼나 오리, 다람쥐처럼 태어날 때부터 잘하는 게 있었을까요? 있었다면 분명 지금은 잊어버린 걸 텐데 그걸 어떻게 찾죠?"

"나는 태어날 때부터 잘하는 걸 재능이라고 말해. 이건 찾기가 무척 쉬워. 사실 찾는다는 것보다 '인정한다'는 말이 더 맞는 표현일 거야. 많은 사람들에게 '꽃'을 찾아주면서 새삼 느낀 건, 남들 눈에는 보이는 자기만의 특별하고 독특한 재능을 정작 자신은 모른다는 거야. 그 '잘하는 것'이 자신에게는 이미 너무도 자연스러운 것이라서 알아차리지 못하는 거지. 네 재능은 너에겐 매일 밥 먹는 것처럼 자연스럽고 쉬운 일이지만, 누군가에게는 노력하고 의지를 가져야만 겨우 할 수 있는 일이란다."

"재능이 너무 익숙해서 알지 못하는 거라고요?"

"응. 오늘은 나랑 그걸 찾아볼 건데, 찾고 나면 왜 그런지 알게 될 거야.

10년 법칙을 알려준 하워드 가드너 기억나니?"

"예, 기억나요."

"응, 그는 사람에게는 지능 지수인 IQ 외에 여덟 가지의 지능이 있다고 생각했어. 그걸 다중 지능이라고 해. 음악 지능, 신체 운동 지능, 논리 수학 지능, 공간 지능, 언어 지능, 인간 친화 지능, 자기 성찰 지능, 자연 친화 지능이 바로 그거야. 누구나 이 중에서 두세 개 정도는 남들보다 잘하거나 쉽게 배울 수 있는 능력이 있다는 거야. 지훈이에겐 그게 뭔지 알아볼까?"

큰산은 지훈에게 다중 지능 검사(96쪽 참조)라고 적힌 종이를 내밀었다. 지훈은 천천히 검사 문항들을 풀어나갔고, 큰산은 지훈이 넘겨준 검사지를 보며 세 가지를 종이에 적어 보여주었다.

"자, 네가 잘하는 것 세 가지야. 첫째, 다른 사람의 기분이나 동기, 의도를 잘 이해하고 어울릴 수 있는 '인간 친화 지능', 두 번째는 꼼꼼하고 성실하며 인내심과 책임감이 강한 '자기 성찰 지능', 마지막은 몸으로 행동하고 발산할 때 상쾌함을 느끼는 '신체 운동 지능'이 높게 나왔다."

"듣고 보니 그동안 제가 좋아했던 것들을 요약 정리해 놓은 느낌이네요!"

"그렇지. 혹시 게임 좋아하니?"

"그럼요."

"어떤 게임이나 보면 캐릭터마다 자기만의 필살기가 있지? 위기에 닥치면 그 필살기를 발휘해 어려운 상황을 헤쳐 나아가잖아. 이 재능 세 가지가 바로 너의 필살기야."

"필살기요? 이런 평범한 것들이 필살기가 된다구요?"

"그럼! 이길 어떻게 단련시키느냐에 날려 있지. 이젠 네 필살기의 파워가 더 세지도록 연마해야겠지?"

큰산은 종이 한 장을 꺼내 지훈에게 내밀었다. 종이에는 그래프가 그려져 있었다.

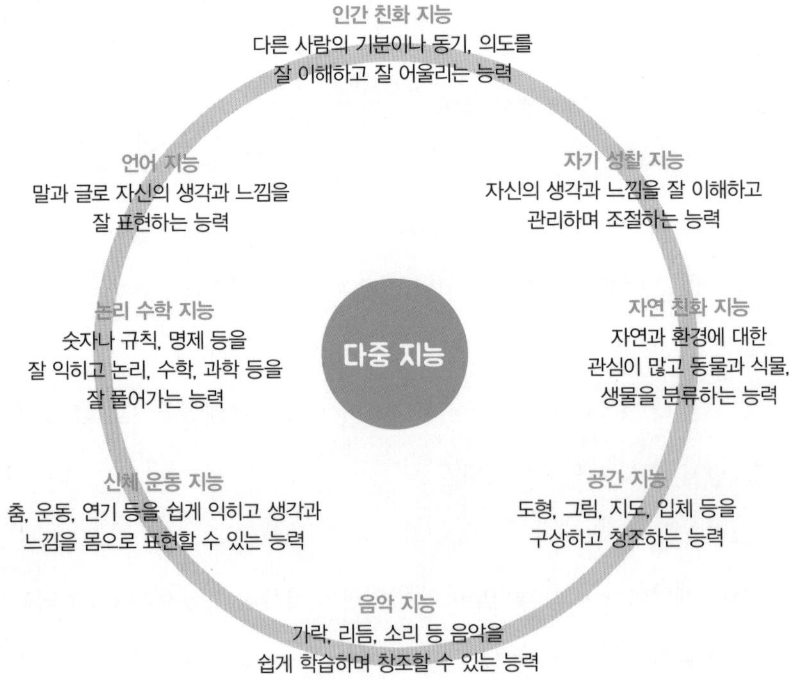

"어떤 설문 조사에서 직업과 적성에 대해 물었더니 나온 결과야. 응답자 중 51퍼센트는 자신이 적성과 맞지 않는 직업을 갖고 있다고 했어. 그중에서도 54퍼센트는 아예 직업을 바꾸고 싶어 했지. 직업을 바꾸고 싶어 하는 사람들을 살펴보니 영어 교사, 연구원, 인터넷 쇼핑몰 CEO, 수련의까지 있었어. 사람들이 한 번쯤 꿈꿔볼 만한 직업을 가진 사람들인데 왜 바꾸고 싶어 했을까?

그걸 알아보기 위해 그들의 다중 지능을 검사해 봤지. 그런데 그 사람들이 새롭게 원했던 직업이 바로 그들이 잘하는 다중 지능 세 가지와 일치하는 거야. 영어 교사였던 사람은 수의사가 되길 원했는데, 실제로 자연 친화 지능이 가장 높게 나왔어. 수련의는 방송 작가가 되고 싶다 했는데, 언어 지능이 제일 높게 나왔고. 이렇게 자신의 희망 직업과 다중 지능이 연결되어 있어."

"그러고 보니 저는 신체 운동 지능이 높아서 스포츠 트레이너가 되고 싶었고, 인간 친화 지능 때문에 상담 전문가와 학원 강사를 하고 싶었나 봐요. 신기하네요!"

"자, 이제 네가 어떤 꽃을 피워낼지 힌트가 좀 보여?"

"네! 조금 더 선명하게 보이는 것 같아요!"

"그럼, 네가 가진 세 가지 강점 지능 항목에서 추천하는 직업을 보고 그 중 마음에 드는 걸 한번 선택해 봐! 마음에 드는 것이 없다면 선택하지 않아도 돼!"

다중 지능 항목별로 추천해 주는 직업들이 적힌 종이를 지훈에게 보여주며 큰산이 말했다.

"예, 그럼 저는 인간 친화 지능과 자기 성찰 지능 그리고 신체 운동 지능 항목에서 추천하는 직업을 찾아보면 되겠네요?"

"지훈아, 다시 한 번 말하는데 마음에 드는 직업이 없다면 선택하지 않아도 돼. 우리가 이런저런 심리 검사를 할 때 이런 태도를 가졌으면 해. 이런 검사들은 간단히 말하자면 일종의 비서와 같아. 너는 CEO고. 이 비서들이 여러 가지 이론을 토대로 너에게 이런저런 제안을 하는 거야. 그런데 CEO는 너니까, 그 제안을 받아들일지 말지는 너에게 달려 있어. 다시 말해서 네가 마음에 들지 않으면 그냥 넘어가도 된다는 말이야. 검사 결과에 너무 얽매이지 말고, 그것들이 제안하는 것 중 마음에 드는 것이 있으면 그것을 선택하면 돼."

그 말을 들으니 지훈은 자기 마음에 드는 직업을 꼭 찾아야 한다는 부담감 없이 편한 마음으로 살펴볼 수 있었다. 그리고 마침내 자신이 원하는 직업들을 골라냈다.

인간 친화 지능: 상담 전문가, 여행 상품 개발원

자기 성찰 지능: 상담 전문가, 학원 강사

신체 운동 지능: 스포츠 트레이너[2]

"이제 여기까지 했으니 네 새싹이 무럭무럭 자라날 거야. 기억해. 사과나무 씨앗에는 이미 사과를 맺을 수 있는 유전자가 들어 있단다. 나비의 애벌레는 몸속에 이미 고치가 되기 위한 실을 갖고 있고, 새는 날 수 있는 능력을 태어날 때부터 가지고 있어. 이 지구에 있는 모든 것들이 자기만의 재능과 힘을 갖고 태어나지. 너만의 꽃을 피울 수 있는 재능 역시 네 안에 이미 갖춰져 있단다."

고개를 끄덕이며 큰산을 바라보는 지훈의 눈이 빛났다. 해먹 위에 올라가 누운 지훈의 눈을 큰산이 부드럽게 감겨주자, 지훈은 이내 깊은 잠에 빠져들었다.

2 지훈이 고른 이 직업들은 이어지는 '자신의 꽃을 피우는 4단계' 내용 중 지능별 추천 직업군에서 고른 것이다.

다중 지능 검사

다중 지능 이론에 의하면 사람들은 무언가를 남들보다 쉽게 배우고 더 잘할 수 있는 두 세 가지 강점 지능을 갖고 있다고 한다. 자신의 강점 지능, 잘하는 것이 무엇인지 검사를 통해 알아보자.
다음의 각 문항을 읽고 자신에게 해당하는 것들을 문항 뒤의 답안지에 체크해 보라.

1. 음악을 듣거나 노래 부르는 것을 좋아한다.
2. 신체 활동이 많은 놀이를 좋아한다.
3. 암산, 퍼즐, 추리 등을 좋아한다.
4. 지도를 보고 길을 찾거나 처음 가는 곳도 잘 찾아간다.
5. 친구 집에 놀러 가면 책장에 꽂힌 책들을 살펴본다.
6. 친구 사귀기를 즐기고 새로운 사람을 만나면 쉽게 친해진다.
7. 다이어리를 정리하는 등 규칙적인 생활을 위해 노력한다.
8. 숲 속이나 바다, 강 등 자연 속에 있는 것이 좋다.
9. 한 번 들은 노래도 거의 완벽하게 기억해 낼 수 있다.
10. 가수의 율동이나 댄서의 율동을 쉽게 따라한다.
11. 과학 시간이나 수학 시간에 실험하고 검증하는 것을 좋아한다.
12. 그림 전시회나 미술관 관람을 좋아한다.
13. 국어 시간이나 글쓰기 시간을 좋아한다.
14. 다양한 친구들과 잘 지내는 편이다.
15. 자신을 되돌아보고 앞으로의 생활을 계획하는 것을 좋아한다.
16. 주변의 동식물 혹은 사물 등에 대한 관찰력이 뛰어나다.
17. 새로운 곡을 듣거나 창작하는 데 관심이 많다.
18. 스스로 원해서 태권도, 무용, 운동 학원 등을 다닌 적이 있다.
19. 수학, 물리, 과학, 논리, 철학 등의 과목을 좋아한다.
20. 미술 관련 대회에서 수상한 경험이 있다.

21. 자신의 생각이나 느낌을 말이나 글로 잘 표현한다.
22. 자신이 잘 아는 부분에 대해 잘 들어주고 도와주는 편이다.
23. 자신의 약점과 장점을 잘 알고 있다.
24. 동물이나 식물에 대하여 많은 정보를 갖고 있다.
25. 어렸을 때부터 악기 다루는 것을 좋아했다.
26. 친구들로부터 운동을 잘한다는 말을 자주 듣는다.
27. 어떤 문제가 생기면 원인과 결과를 잘 추측하는 편이다.
28. 방을 꾸밀 때 가구 배치나 소품 사용을 어떻게 해야 할지 잘 알고 있다.
29. 읽기, 쓰기, 말하기 같은 활동을 좋아한다.
30. 친구들과 대화하는 것을 좋아하고 리더 역할 하는 것을 좋아한다.
31. 평소에 내 능력이나 재능을 계발하기 위해 노력하고 있다.
32. 자연의 소리를 듣고 자연 속에 있는 것을 좋아한다.
33. 음악 관련 대회에서 상을 탄 경험이 있다.
34. 춤 동작이나 운동 동작을 쉽게 배우는 편이다.
35. 평소에 "왜요?"라는 질문을 많이 한다.
36. 친구들에게 그림 그리기나 만들기를 잘한다고 칭찬받은 적이 있다.
37. 말 잇기 게임, 낱말 맞추기 같은 단어 맞추기 게임을 좋아한다.
38. 다른 사람의 기분을 잘 알아차리는 편이다.
39. 내 생각이나 감정을 상황에 맞게 잘 통제하고 조절하려고 노력한다.
40. 환경에 민감하여 계절의 변화를 잘 느낀다.
41. 악기를 다루거나 배우는 것에 흥미가 많다.
42. 운동 선수들의 장단점을 잘 짚어낸다.
43. 수학이나 과학 문제를 틀리면 왜 틀렸는지 이유를 꼭 확인한다.
44. 사진이나 그림 보기를 좋아하는 편이다.
45. 글쓰기 대회에서 상을 받은 경험이 있다.
46. 친구들과 동아리를 만들거나 참여하는 것을 좋아한다.
47. 자신만의 목표를 정하고 꼭 이루고자 노력한다.
48. 자연을 보호하고 환경을 개선하고자 노력한다.

49. 음악회나 연주회에 관심이 많고 좋아한다.

50. 평상시 몸을 움직이며 활동하는 것을 좋아한다.

51. 전략 게임이나 바둑, 장기 등과 같은 전략적인 사고를 필요로 하는 놀이를 좋아한다.

52. 그림으로 낙서하거나 만화 그리기를 좋아한다.

53. 글을 조리 있고 설득력 있게 쓴다는 말을 들은 적이 있다.

54. 친구들의 고민거리를 들어주거나 해결하는 것을 좋아하다.

55. 자신 스스로 혼자 해보려고 노력한다.

56. 동물이나 식물 돌보는 것을 좋아한다.

아래 답안지의 문항 번호에 체크한 개수를 세로로 합하라. 합계 개수가 가장 많은 항목 세 가지가 자신의 강점 지능에 해당할 가능성이 크다. 다만 합계 개수가 4개 이상이어야 한다.

	음악	신체 운동	논리 수학	공간	언어	인간 친화	자기 성찰	자연 친화
문항	1	2	3	4	5	6	7	8
	9	10	11	12	13	14	15	16
	17	18	19	20	21	22	23	24
	25	26	27	28	29	30	31	32
	33	34	35	36	37	38	39	40
	41	42	43	44	45	46	47	48
	49	50	51	52	53	54	55	56
계								

어떤가? 자신의 타고난 재능이 확인되었는가? 음악 지능, 신체 운동 지능, 논리 수학 지능, 공간 지능, 언어 지능, 인간 친화 지능, 자기 성찰 지능, 자연 친화 지능 가운데 자신이 더 강점이 있는 지능이 두세 가지는 반드시 존재한다.

자, 그럼 이제 다음의 '다중 지능별 특징과 직업군'을 살펴보면서 정말로 그 지능 영역이 자신에게 맞는 내용인지 검증해 보자. 이때 염두에 둘 것은 자신에게 해당되는 지능 영역일지라도 그 영역 내 전체 분야를 다 잘한다는 말은 아니라는 점이다. 그 지능 영역 안에서도 더 잘하고 익숙한 분야가 있다. 그러므로 자신에게 해당하는 두세 가지 지능들을 눈여겨보면서 그 가운데서도 더욱 확실하고 구체적인 분야를 찾아가자.

다중 지능별 특징과 직업군

음악 지능

구분	상세 내용
정의	1. 노래를 잘하거나 화음을 넣어 표현하는 능력 2. 리듬, 멜로디, 음색 등 음악적 상징 체계를 통해 창조할 수 있는 능력 3. 노래를 부르거나 악기를 다루어서 자신의 감정을 표현하는 능력
특징	1. 음악을 듣거나 노래 부르기를 좋아한다. 2. 음악을 틀어놓고 일하거나 공부하기를 좋아한다. 3. 음악을 통한 교육을 좋아한다. 4. 처음 듣는 노래를 쉽게 따라 부른다. 5. 어렸을 때 노래를 들으며 박수를 친다거나 집 안의 물건으로 박자 맞추는 것을 좋아한 경험이 있다. 6. 한 번 들은 노래도 거의 완벽하게 기억해 낸다. 7. 음악 듣는 것을 좋아하고 악기에 관심이 많다.

	8. 소리들을 쉽게 구별한다. 9. 음에 대한 감각이 좋다.
적합한 직업군	음악가(성악가, 연주가, 작곡가, 지휘자 등), 음악 치료사, 음향 기술자, 피아노 조율사, DJ, 가수, 음악 교사, 음반 제작자, 작곡가(영화, 게임, 핸드폰), 음악 공연 연출가, 악기 제작자, 악기 판매원, 스튜디오 기술자, 합창 지휘자, 음악 평론가

신체 운동 지능

신체 운동 지능은 온몸을 활용하는 영역과 신체 일부를 활용하는 영역으로 구분된다.

구분	상세 내용
정의	**온몸** 1. 전신을 사용하여 균형, 조정 및 스포츠와 같은 신체 활동을 할 수 있는 능력 2. 근육을 자유자재로 조절하여 몸으로 자신의 감정과 생각을 표현할 수 있는 능력 3. 신체를 사용한 조작 및 운동 능력이나 전반적인 유연성 **신체 일부** 1. 신체의 일부를 탁월하게 활용하는 능력 2. 손을 사용하여 작품이나 물건을 창작해 내는 능력 3. 도구 및 기계를 다루고 조작하는 능력 4. 섬세한 작업 또는 정밀한 것을 조립하거나 짜 맞추는 능력

특징	**온몸** 1. 신체적으로 좋은 균형 감각을 갖고 있다. 2. 가수의 율동을 쉽게 따라한다. 3. 스포츠, 댄스, 연극 등 신체적 활동을 잘한다. 4. 생각이나 느낌을 글이나 그림보다는 몸동작으로 표현하는 것을 좋아한다. **신체 일부** 1. 손재주를 활용한 신체적 활동을 잘한다. 2. 만지기나 움직이기 등 신체 감각을 통해 배운다. 3. 도구나 재료를 이용해 만드는 것을 좋아한다.
적합한 직업군	**온몸** 팬터마임, 안무가, 무용가, 엔지니어, 운동 선수, 체육학자, 물리 치료사, 배우, 무용 교사, 체육 교사, 군인, 스포츠 에이전트, 경락 마사지사, 발레리나, 산악인, 치어리더, 경찰, 체육관장, 경호원, 뮤지컬 배우, 사회 체육가, 건축가, 카 레이서, 연극 배우, 모델, 파일럿 **신체 일부** 물리 치료사, 엔지니어, 농부, 기계 수리공, 목수, 도예가, 보석 세공사, 마술사, 운동 처방사, 공예품 장인, 전문 기술자, 외과 의사, 치과 의사, 헤어 디자이너, 조각가, 서예가, 악기 연주가

논리 수학 지능

구분	상세 내용
정의	1. 논리적인 추론을 통해 문제를 파악하고 해결하는 능력 2. 숫자의 효과적 사용 능력과 복잡한 수학적 계산 및 연산을 할 수 있는 능력 3. 복합적인 일들의 인과 관계를 잘 이해하는 능력과 직관력
특징	1. 수학, 물리, 과학, 논리, 철학 등의 과목을 좋아한다. 2. 실험과 복잡한 연산 등을 통해 문제를 풀어내거나 해결하는 것을 좋아한다. 3. 게임이나 바둑, 장기, 체스 등과 같은 전략적인 사고를 필요로 하는 일을 좋아한다. 4. '왜'라는 질문을 많이 하고, 논리적으로 생각하며, 문제 해결에 있어서도 근거와 원리를 찾아 해결하려고 한다. 5. 결과에 대한 원인과 증거를 찾는 것을 좋아한다. 6. 실험을 통해 과학적 원리를 밝혀내는 것을 좋아한다.
적합한 직업군	물리학자, 엔지니어, 은행원, 구매 대리인, 생활 설계사, 공인 회계사, 회계 감사원, 회사원(경리, 회계 업무), 탐정, 의사, 교사(수학, 과학, 국어), 법조인, 정보 기관원, 도서관 사서, 문서 관리인, 편집자, 번역가, 언어 치료사, 아나운서, 기자, 법률 고문, 변호사, 타이피스트, 웅변가, 정치인, 국어학자, 연구원, 공무원, 분석가, 증권사, 애널리스트, 수학자, 과학자, 통계학자, 법률가, 컴퓨터 프로그래머

공간 지능

구분	상세 내용
정의	1. 설계도, 평면도를 보고 실물을 추론해 내는 능력 2. 공간을 예리하게 감지하고 대처하는 능력 3. 생각이나 상상을 시각적으로 변형시키는 능력(도상력) 4. 시각적이거나 공간적인 아이디어들을 그래프나 도표 등을 사용해 표현할 수 있는 능력
특징	1. 자신이 경험한 것을 그림이나 모형물로 표현하기를 잘한다. 2. 생각한 것을 말과 행동보다는 그림이나 이미지 등의 형태로 표현하기를 좋아한다. 3. 퍼즐, 블록, 컴퓨터 게임, 사진 찍기 등을 좋아하고 잘한다. 4. 한 번 가본 길을 어렵지 않게 찾는다거나 위치를 기억하는 능력이 뛰어나다. 5. 물건을 다른 방향에서 보면 어떻게 보일지 머릿속에 그릴 수 있고 위치에 대한 기억력이 좋다. 6. 물건들을 분해하거나 조립하는 일 또는 기계를 다루는 일에 능숙하다. 7. 상상력이 풍부하고 시각적으로 표현하는 디자인, 그림 그리기, 만들기 등을 즐긴다. 8. 그림이나 삽화, 만화 등 시각 자료가 들어 있는 책과 영화를 선호한다.
적합한 직업군	디자이너(인테리어, 게임, 헤어, 웹, 무대, 컴퓨터), 엔지니어, 화가, 설계사, 사진사, 파일럿, 코디네이터, 애니메이터, 공예가, 미술 교사, 탐험가, 운전사, 치과 의사, 큐레이터, 서예가, 일러스트레이터, 측량 기사, 도시 계획가, 인테리어 장식가, 발명가, 지도 제작사, 카메라맨,

	PD, 뮤직 비디오 감독, 프로게이머, 건축가, 조각가, 항해사, 외과 의사, 기사(바둑 및 장기), 도형 미술가, 예술가, 과학자, 입체 영상 설계사, 광고 제작자

언어 지능

구분	상세 내용
정의	1 말이나 글을 통해 자신의 생각과 감정을 표현하고 의사소통하는 능력 2. 언어의 규칙이나 구조를 잘 다루는 능력 3. 어휘의 소리, 리듬, 의미 등 서로 다른 언어의 기능을 잘 파악해서 구사하는 능력 4. 언어의 상징적 의미를 파악하고 이해하는 능력 5. 외국어 습득 능력
특징	1. 어렸을 때 다른 아이들보다 비교적 빠르게 말하기와 글쓰기, 읽기 등을 습득했다. 2. 이름이나 장소, 날짜 등에 대해 탁월한 언어적 기억력을 보인다. 3. 짧은 글 짓기나 끝말 잇기 등 언어를 사용하는 학습이나 게임에 관심이 많다. 4. 보통은 읽기, 쓰기, 말하기, 이해하기, 언어 전반에 걸친 관심과 재능을 보이지만, 네 가지 영역 중 한 가지에만 재능을 보이는 사람도 있다. 5. 이야기를 통해 학습하는 것을 선호하고 단어를 기억하거나 어휘를 통해 생각하기를 좋아한다. 6. 대인 관계에서 협상과 설득을 위해서 효과적으로 언어를 사용한다.

적합한 직업군	강연자, 전래 동화 구연자, 편집자, 언어학자, 영업 사원, 설교자, 학원 강사, 외교관, 성우, 통역사, 문학 평론가, 방송 프로듀서, 판매원, 개그맨, 경영자, 리포터, 도서관 사서, 문서 관리인, 번역가, 언어 치료사, 작가, 아나운서, 기자, 법률 고문, 변호사, 비서, 타이피스트, 국어 교사, 웅변가, 정치인, 연설가, 소설가, 방송인

인간 친화 지능

구분	상세 내용
정의	1. 사람들과의 관계에 대해 이해하고 공감하며 새로운 관계를 만들어 가는 능력 2. 다른 사람의 감정, 의도, 동기 및 제스처, 행동 등을 잘 파악하고 대처하는 능력 3. 다른 사람을 이끌 수 있는 능력
특징	1. 상대방의 표정이나 음성, 제스처 등을 통해 상대방의 감정 및 의도를 잘 파악한다. 2. 친구가 많고 친구들을 잘 이끌어간다. 3. 혼자 하는 것보다 친구들과 함께 놀거나 공부하는 것을 좋아한다. 4. 사람들과 어울리거나 이끌어가는 것을 좋아한다. 5. 그룹을 조직하거나 참여하는 것을 좋아한다. 6. 조직에서 발생한 문제를 중재, 조정하는 것을 좋아한다. 7. 대화하는 것을 좋아하고 리더 역할 하기를 좋아한다.
	개그맨, 협상가, 사회 봉사자, 사회학자, 종교 지도자, 사회 운동가, 사회 단체 위원, 호텔 경영자, 카운슬러, 법조인, 배우, 이벤트 사업가,

적합한 직업군	호텔리어, 방송 프로듀서, 간호사, 사회 복지사, 교사, 회사원(인사 관련), 영업 사원, 유치원 교사, 경찰관, 비서, 가정방문 학습지 교사, 승무원, 판매원, 선교사, 상담원, 마케팅 조사원, 컨설턴트, 펀드 매니저, 교육 사업가, 행정가, 지배인, 중재인, 인류학자, 공무원, 외판원, 웨딩 플래너, 파티 플래너, 정치가, 사업가, 심리 상담가, 외교관, 연예인, 여행 가이드, 무역 중개인

자기 성찰 지능

구분	상세 내용
정의	1. 내면의 감정과 욕구를 잘 이해하고 조절하는 능력 2. 자신의 신념과 목표를 포기하지 않고 자신의 의지로 유지하려는 능력 3. 자신의 장단점 및 특징을 잘 파악하고 받아들이는 능력 4. 스스로를 반성하고 조정하여 효율적으로 자기 관리를 하는 능력 5. 자기 자신을 소중히 여기고 절제하며 스스로 모든 것을 해결하고 훈련받고자 하는 자발적인 태도
특징	1. 문제 상황에서 혼자서 해결해 보려고 노력한다. 2. 어렸을 때 엄마가 옆에 있어도 스스로 하려고 애쓴 경험이 많다. 3. 어린 시절부터 어떠한 사람이 되고 싶다며 장래 희망을 자주 말했다. 4. 모든 일에 자신이 주인공이 되고 싶어 한다. 5. 유행 따르는 것을 좋아하지 않는다. 6. 글, 그림, 음악 등을 통해 자기 자신을 표현하는 것을 좋아한다. 7. 자신만의 목표를 설정하고 달성하고자 한다.

적합한 직업군	목사, 신부, 수도자, 철학자, 특수 교육자, 작가, 심리학자, 예술가, 신학자, 성직자, 정신분석학자, 기업가, 심리 치료사, 상담원, 심령술사

자연 친화 지능

구분	상세 내용
정의	1. 환경과 자연을 이해하고 적용하는 친화력 2. 자연 현상과 주변 세계에 대한 이해력과 관찰력 3. 동식물과 물건을 분류하는 능력 4. 자연을 보호하고 환경을 개선하는 능력
특징	1. 동식물 또는 사물을 자세히 관찰하여 차이점이나 공통점을 잘 찾아내고 분류한다. 2. 집 안에서나 공원 등에서 작은 곤충이나 식물을 유심히 들여다보거나 채집하는 것을 좋아한다. 3. 애완 동물을 좋아하고 잘 돌본다. 4. 주어진 자료들을 분류, 분석하면서 결론 내리는 것을 좋아한다. 5. 자연 환경이나 주변 환경을 잘 활용하고 관찰하는 것을 좋아하며 동식물 채집에 관심이 많다. 6. 실험이나 관찰을 통한 과학적 연구를 하는 것을 좋아한다. 7. 지구 환경에 관심이 많다. 8. 조사, 분석, 관찰, 종합 관찰 일기, 현장 학습 등의 방법을 사용해 학습하길 좋아한다.

적합한 직업군	야생 동물 관찰자, 식물학자, 사회 관찰자, 생물학자, 고고학자, 기상학자, 천문학자, 과학자, 조경사, 수의사, 농화학자, 조류학자, 한의사, 의사, 약사, 환경 운동가, 농장 운영자, 조리사, 동물 조련사, 요리 평론가, 식물도경 제작자, 원예가, 약초 연구가, 화원 경영자, 생물 교사, 지구과학 교사, 동물원 관련 직종

이제 자신에게 해당하는 세 가지 재능을 구체적으로 정리한다.

지능	자신에게 해당되는 정의와 특징	흥미 있는 직업

예시

지능	자신에게 해당되는 정의와 특징	흥미 있는 직업
인간 친화 지능	다른 사람의 감정이나 의도, 동기, 제스처, 행동 등을 잘 파악하고 대처하는 능력	카운슬러, 심리 상담가

직업 적성 검사

다중 지능 검사를 좀 더 구체적으로 만든 자료가 있다. 바로 국가에서 만든 직업 적성 검사이다. 이는 다중 지능의 여덟 가지 영역에 창의성, 손재주, 예술 감각이라는 세 가지 요소를 덧붙여서 만든 검사이다. 그러므로 직업 적성 검사를 해보고 앞서 작성한 다중 지능 검사와 비교한다면 자신의 지능 세 가지를 찾는 데 도움이 된다. 이 직업 적성 검사는 커리어넷 사이트 http://www.career.go.kr에 들어가면 무료로 할 수 있다.

영역	자신에게 해당되는 특징	흥미 있는 직업군

다섯 번째 만남

"제가 잘하는 거요? 못하는 건 되게 많은데"

내가 나를 믿어줄 때 싹이 튼다

꿈에서 깨어난 지훈은 자신의 여자 친구인 은영에게 지금까지 큰산과 있었던 일들에 대해 이야기를 하고 싶어졌다. 왜냐하면 은영도 역시 취업 문제로 고민하고 있었기 때문이다.

조용하고 감미로운 음악이 흐르는 카페에서 지훈은 은영과 만났다. 막상 이야기하려니 조금 떨렸지만, 그동안의 이야기를 듣고 은영이 어떤 반응을 보일지 궁금했다.

"은영아, 실은 오늘 꼭 하고 싶은 말이 있어서 만나자고 했어."

"그래? 무슨 얘긴데 이렇게 분위기를 잡아?"

은영은 평소와 다른 지훈의 모습에 살짝 긴장하면서도 무슨 얘기를 꺼낼까 기대하는 눈빛이었다.

"내가 휴학한 진짜 이유를 얘기해 주려고."

"아르바이트하면서 그냥 좀 쉬고 싶다고 그랬잖아. 그거 말고 다른 이유가 있었어?"

"응. 사실 학교 다니면서 힘들었거든. 내 적성에도 안 맞고, 하고 싶은 공부도 아닌 것 같고. 그래서 요즘 어떤 것이 정말 내가 하고 싶은 일인지 찾아보고 있어."

"오빠, 그게 무슨 말이야? 하고 싶은 일을 찾다니? 이제 와서 전공을 바꾸기라도 하겠다는 거야?"

지훈은 다소 격앙된 은영의 목소리에 놀랐다. 자신을 잘 이해해 준다고 생각했던 은영의 반응치곤 좀 당혹스러웠지만, 그래도 지훈은 자신이 해온 고민과 지금까지 어떤 변화들을 겪어왔는지 차분히 들려주고 싶었다.

"컴퓨터 프로그래머는 내 가슴을 뛰게 하는 직업이 아니었어. 도서관에서 하루 종일 혼자 컴퓨터로 작업하면서 프로그램을 만드는 게 나한테는 정말 힘든 일이었거든. 근데 최근에 그게 왜 힘들었는지 알게 됐어. 나는 사람들과 함께 뭔가 하거나 몸을 쓰는 일을 할 때 행복한 사람이었기 때문에 그랬던 거야."

지훈은 이어서 요즘 자기가 어떤 사람이고 무엇을 좋아하는지 알아가면서 느낀 점들을 이야기했다. 이제야 미래가 좀 또렷하게 보이고, 뭔가 들뜨고 에너지도 넘친다는 이야기도 덧붙였다. 하지만 은영의 얼굴에는 지훈을 걱정하는 기색이 역력했다.

"오빠가 즐거운 건 알겠는데, 나는 오빠가 군대도 갔다 왔으니까 얼른 학교를 졸업하고 안정적인 직업을 찾는 게 맞다고 봐. 사람들이 다들 그렇게 하고 싶은 일만 하면서 살진 않잖아. 게다가 요즘은 취업 준비를 위해 휴학을 해도 모자랄 때야. 취업하기가 얼마나 힘든데? 지금 오빠 나이에 전공을 바꾸겠다는 건 대책이 없는 게 아닐까? 난 좀 실망이야."

지훈은 은영의 반응에 당황했다. 꿈을 찾아가려는 자신이 왜 잘못되었다는 건지 알 수가 없었다. 결국 그날 지훈은 은영과 크게 말다툼을 하고 헤어졌다.

"할로!"

큰산의 목소리에 지훈은 몸을 일으켰다. 늘 기운이 넘쳤던 지훈이 오늘은 표정도 어둡고, 잘 지냈느냐는 질문에 대답도 선뜻 하지 않는 걸 보고 큰산은 무슨 일이 있었음을 직감했다. 큰산이 물을 한 컵 건네며 지훈에게 물었다.

"무슨 일이 있었지?"

"여자 친구랑 좀 싸웠어요. 제가 정말로 하고 싶은 걸 찾기 위해 휴학했다는 말도 하고, 요즘 꿈을 찾기 위해 무얼 하고 있는지도 이야기했는데 이해를 못하더라고요."

"많이 속상했겠네."

큰산이 지훈에게 다가와 어깨를 토닥였다. 지훈은 힘없이 큰산이 건넨 물을 한 모금 마셨다.

"하지만 네 여자 친구만 탓할 일은 아니야. 우리가 살아가고 있는 이 사회가 속도만 중요하게 여기는 게 문제지. 남들 하는 만큼 맞춰가야 하고, 그보다 더 빠르면 빠를수록 좋다고 생각해. 그러니 이렇게 자기 삶의 방향을 고민하고 찾아가는 시간을 이해하지 못하지. 이해는커녕 잘못되거나 뒤처졌다고 생각하는 이들이 적지 않아."

"맞아요. 자기가 진짜로 좋아하는 걸 찾고 꿈을 찾는 걸 참 불안하게 여기고 대책 없는 행동이라고 생각해요."

"인생의 큰 방향을 결정하기 위해 비록 느리더라도 충분히 시긴을 갖는 것이 오히려 시간을 절약하는 것이 될 수 있어. 걱정하지 마."

큰산은 지훈의 손을 잡아끌어 테이블에 앉혔다. 그리고 플라스크를 꺼내와 내밀었다. 새싹이 잘 자라고 있는 것을 보니 속상한 마음이 좀 가라앉았다. 지훈의 마음이 좀 풀린 듯 보이자 큰산이 말했다.

"행복지수 1위 국가라고 알려진 덴마크에서는 '애프터 스쿨' '소이 스쿨'이라는 제도가 있단다."

"그게 뭐죠?"

"중학교나 고등학교 졸업하고 1년 동안 '애프터 스쿨'이라는 기숙형 학교에서 보내면서 자신의 진로에 대해 생각하고 실험하는 제도야. 또 대학교를 졸업하거나 학기중에라도 1년 정도 '소이 스쿨'이라는 데 들어가 자신의 진로에 대해 본격적으로 고민하는 시간을 가질 수도 있고. 1년 동안 자신이 무엇을 좋아하고, 무엇에 가슴이 뛰고, 무엇을 잘하는지 실험하고 탐색하는 거지. 사회에서 공식적으로 갖게 해주는 '느린 시간'이랄까?"

"부럽네요."

"응. 그래서 1년 동안 마음껏 자신의 소질과 재능을 찾고 실험해 볼 수 있어. 더구나 국가에서 지원해 주는 제도이기 때문에, 덴마크에서는 자신의 꿈을 찾고 탐색하는 시간을 갖는 게 매우 당연하게 받아들여지고 있지. 한국에서도 이제 '자유 학기제'라는 이름으로 비슷한 제도가 시작되고 있다고 하니, 조금 더 시간이 지나면 네 여자 친구도 이해해 줄 날이 올 거야."

"아무 걱정 없이 자신이 좋아하는 일이 무엇인지 찾을 수 있는 시간이 주어지고, 그걸 나라에서 지원까지 해준다니 정말 부럽네요."

"그렇지. 음…… 오늘은 마음이 좀 복잡하면 그냥 쉴까?"

"아니요, 빨리 시작해요. 내 꽃을 피워서 열심히 살아가는 모습을 보여주면 은영이도 지금보다는 더 이해해 줄 것 같아요."

플라스크 속의 새싹을 바라보며 말하는 지훈의 눈이 반짝였다. 그 눈빛을 읽고 큰산이 미소를 지으며 한껏 목소리를 높여 말했다.

"좋아! 그럼 시작하자!"

큰산은 종이와 펜을 챙겨서 지훈이 앞에 앉았다.

"오늘은 네 강점을 찾아볼 거야."

"제 강점을요?"

"응. 네가 강하다고 느낄 때는 언제인지, 또 어느 것과도 비교할 수 없는 너만의 강점이 뭔지 찾아보는 거야. 그 강점들은 네 꽃을 무럭무럭 자라나게 하는 자양분이 되어줄 거란다."

"좋아요. 빨리 해보고 싶어요."

"먼저, 여기 이 종이에 네가 지금까지 살아오면서 성공했던 경험이나 무언가 성취해 본 경험을 적는 거야. 작고 시시하게 생각되는 것들도 상관없어. 예를 들면 두렵고 떨렸던 순간을 어떻게 극복해 냈는지 하는 것도 좋고, 초등학교 때 글짓기 상을 탄 적이 있다면 그런 것도 좋고…… 또 당시엔 실패 같아 보였지만 나중에 돌아보니 그 덕분에 성장한 게 있다면 그것도 멋진 성공 경험이라고 할 수 있어. 그런 경험들을 떠오르는 대로 적어봐."

지훈은 큰산의 설명에 고개를 끄덕이긴 했지만 아무리 생각해 봐도 그런 경험이 잘 떠오르지 않았다.

"어려워요. 저는 성공해 본 경험이 별로 없는 것 같아요."

"아니, 분명 있을 거야. 참고가 되게, 내 성공 경험을 말해줄게. 첫째, 고등학교 작문 시간에 내 글을 발표했다. 둘째, 군대에 가기 위해 의무병 교육을 받았고 의무병으로 군 생활을 했다. 셋째, 운전 면허를 땄다. 어때?"

"그렇게 사소한 것도 괜찮아요?"

"응, 당연하지. 그리고 그렇게 작은 경험들을 적다 보면 더 많은 것들이 생각날 거야."

큰산은 이번에도 지훈이 충분한 시간을 두고 생각할 수 있도록 배려해 주었다. 큰산이 가판대에 꽃을 진열하러 나갈 즈음에야, 지훈은 뭔가 떠오르는지 종이에 적기 시작했다.

1. 초등학교 운동회 때 달리기 경주에서 마지막 주자로 나와 역전승을 했다.

2. 재수할 때 번지 점프에 도전해서 성공했다.

3. 최근 토익 공부를 하면서 도서관 열람실에서 제일 마지막으로 나왔다.

4. 초등학교 때 태권도 승단 심사에서 겨루기를 해서 이겼다.

5. 군대에서 분대장을 하면서 신병들을 위한 지침서를 완성했을 때 뿌듯했다.

꽃 진열을 마치고 오아시스에서 물을 떠온 큰산이 지훈이 쓴 것들을 들여다보더니 칭찬을 했다.

"그래, 그렇게 적는 거야. 계속 써봐."

"음, 근데 이젠 정말 더 없는 것 같아요."

"왜 기억이 나지 않을까? 성공해 본 경험이 훨씬 더 많이 있었을 텐데……"

"정말 그럴까요? 오히려 실패 경험은 더 쉽게 적을 수 있을 것 같은데……"

"우리는 성공 경험을 금방 잊어버리곤 해. 도로에 비유하자면, 실패 경험이 고속도로라면 성공 경험은 오솔길 같다고나 할까? 대중 매체를 보면 거의 대부분 사건이나 사고 같은 나쁜 소식에 80퍼센트 이상을 할애하지 않니? 인터넷이나 SNS를 통해서도 좋은 소식보다 자극적인 소식이 실시간으로 더 잘 퍼져나가고. 또 주위 친구들과도 걱정스럽거나 실패한 경험 이야기를 주로 했을 거야. 그러다 보니 실패 경험은 기억 장소에 저장되는 것이 마치 8차선 고속도로로 달려서 저장되는 것 같아. 길이 잘 나 있으니까 기억이 잘되는 거지. 반면에 성공 경험은 구불구불한 오솔길을 지나서 기억이 된다고나 할까? 그 길을 잘 쓰지 않으니까 그 기억의 통로가 점점 좁아진 거야. 기억도 잘 되지 않고 잘 떠오르지도 않지."

"듣고 보니 그렇네요. 정말로 실패 경험은 8차선 고속도로를 달려가는 것처럼 기억하기가 쉬워요."

"응. 그런데 자신의 꽃을 피운 사람들은 거꾸로 성공 경험에 대한 기억의 통로가 그 고속도로 같은 거야. 그 사람들은 자신의 성공 경험이나 성취 경험을 자주 떠올리거든. 그래서 위기에 처했을 때도 어려운 상황이 닥칠까봐 두려워하기보다는 과거에 자신이 위기를 극복하고 성공했던 경험을 떠올리면서 용기를 내는 거야. '그래, 난 할 수 있어' 하면서 도전하는 마음을 갖지."

"생각해 보니 저도 그렇지만 제 친구들도 무슨 일을 시작하기 전에 먼저 실패할까봐 걱정부터 했던 것 같아요."

"자, 그러니까 지금은 성공 경험을 더 잘 기억하고 떠올릴 수 있도록 그 기억의 통로를 오솔길에서 고속도로로 넓혀가는 과정이라고 생각하고, 성공 경험들을 좀 더 떠올려보자."

지훈은 큰산의 말대로 성공 경험에 대한 기억의 통로를 넓힌다는 생각으로 마음을 모으기 시작했다. 그랬더니 정말 성공의 경험들이 연이어 더 떠오르기 시작했다.

6. 하고 싶은 일을 찾겠다고 부모님께 말씀드리고 휴학한 것.
7. 아르바이트로 번 돈으로 할아버지, 할머니 선물을 사드리고 그분들이 좋아하시는 모습을 보았을 때.
8. 탁구 칠 때 스핀이 잘 걸려 멋진 스매싱을 했을 때.
9. 패밀리 레스토랑에서 아르바이트를 할 때 손님이 서비스에 감동했다며 나에게 팁을 주었을 때.
10. 패밀리 레스토랑에서 베스트 매니저로 상을 받았을 때.
11. 1년간 아르바이트를 하고 나서 목표였던 1천만 원을 모았을 때.
12. 성당 성가대에서 노래하면서 내가 화음을 넣어 멋진 하모니를 만들어냈을 때.
13. 중학교 3학년 때 사이가 좋지 않던 친구와 주먹다짐을 했지만 내가 먼저 화해한 일.
14. 초등학교 6학년 때 아버지와 함께 지리산 천왕봉을 등반한 것.

지훈은 자기 삶에 이렇게나 많은 성공 경험들이 있었다는 사실에 놀랐다. 지훈이 쓴 내용을 다시 들여다본 큰산은 지훈에게 칭찬을 아끼지 않았다.

"지훈아, 너 괜찮다. 아주 멋진 사람이네."

"아니에요. 이 정도 성공 경험은 누구나 다 갖고 있을 거예요."

지훈은 쑥스러운 듯 살짝 미소를 지었다.

"우리는 어려서부터 '그건 안 돼' 같은 한계 짓는 말이나 '세상은 속고 속이는 곳이야' 같은 두려움을 심어주는 말을 들으며 자랐고, 지금도 주변에서 그런 나쁜 영향을 수없이 받고 있단다.

또 대중 매체들에서 주로 다루는 끔찍한 사건이나 사기, 살인 이야기에서도 무의식적으로 영향을 받고 있지. 이처럼 한계와 두려움의 문화 속에서 자라다 보니 중·고등학교만 졸업해도 대부분이 열등감과 무력감, 패배감, 불신감 등으로 가득 찬 인간으로 프로그래밍되어 버린단다. 정말 서글픈 일이지. 이미 스무 살 때부터 인생의 거의 모든 분야에서 아무리 최선을 다해봐야 자기는 성공할 수 없다고 여기게 되고, 심지어 자신을 비하하는 경향까지 보인단다. 그 과정에서 무언가 가슴 떨리는 일, 하고 싶은 일을 발견해도 무시하거나 쉽게 포기하고 말지."

"맞아요. 그런 한계와 두려움을 심어주는 말이나 이야기들에 무의식적으로 영향을 받아왔다는 건 미처 몰랐지만, 무언가 해내는 사람은 그럴 만한 능력이 있어서 그런 거고 전 그런 능력이 없다고 생각했어요."

"많은 사람들이 그렇게 생각하며 살아가고 있어. 그래서 가슴이 뛰는 일을 발견해도 '지금 내 환경에서는 안 돼' '내 나이에서는 불가능해' 이런 생각부터 먼저 하는 거야. '얼마나 멋진 기회일까?' '이것을 하고 나면 내가 얼마나 멋지게 변해 있을까?' 이런 생각을 해볼 순 없는 걸까?

지금 성공 경험을 적어봤잖아. 그 경험들이 보여주듯이 너는 그동안 어렵고 힘든 순간들을 극복해 본 경험이 있는 사람이고, 앞으로도 그렇게 극복해 낼 사람이라는 걸 잊어선 안 돼!"

큰산의 목소리에는 힘이 실려 있었다. 지훈은 고개를 끄덕였다.

"자, 이제 잊지 않도록 네가 적은 성공 경험들을 읽어봐. 하나하나 읽어갈 때마다 네 자신에게 마음으로 이렇게 말하는 거야. '나는 이미 많은 성공을 경험한 사람이다' 이렇게. 그러면서 앞으로 어떤 도전거리가 닥치면 이렇게 말한다고 상상하면서 읽어봐. '그래, 한번 해보는 거야!' '자! 덤벼보라고!' '내가 무엇이 두렵지?' '예전에도 난 해냈잖아!' '또 한번 부딪쳐볼까?'"

지훈은 큰산이 시키는 대로 성공 경험을 읽으면서 스스로에게 말했다. 자신은 이미 수많은 성공을 경험한 사람이고, 힘든 상황에 도전해서 극복해 낸 사람이라고. 지훈은 한 문장씩 읽을 때마다 그 사실을 또렷하게 기억하고 새기려고 노력했다. 그때마다 가슴이 뜨거워졌다.

"무엇보다 중요한 건 네가 결정한 대로 이루어졌다는 거야."

"내가 결정한 대로 이루어졌다구요?"

"자, 성공 경험들을 잘 봐! 그 당시에 네가 결정한 그대로 이루어졌잖아?"

지훈은 자신이 적은 것들을 바라보았다. 그리고 고개를 끄덕였다.

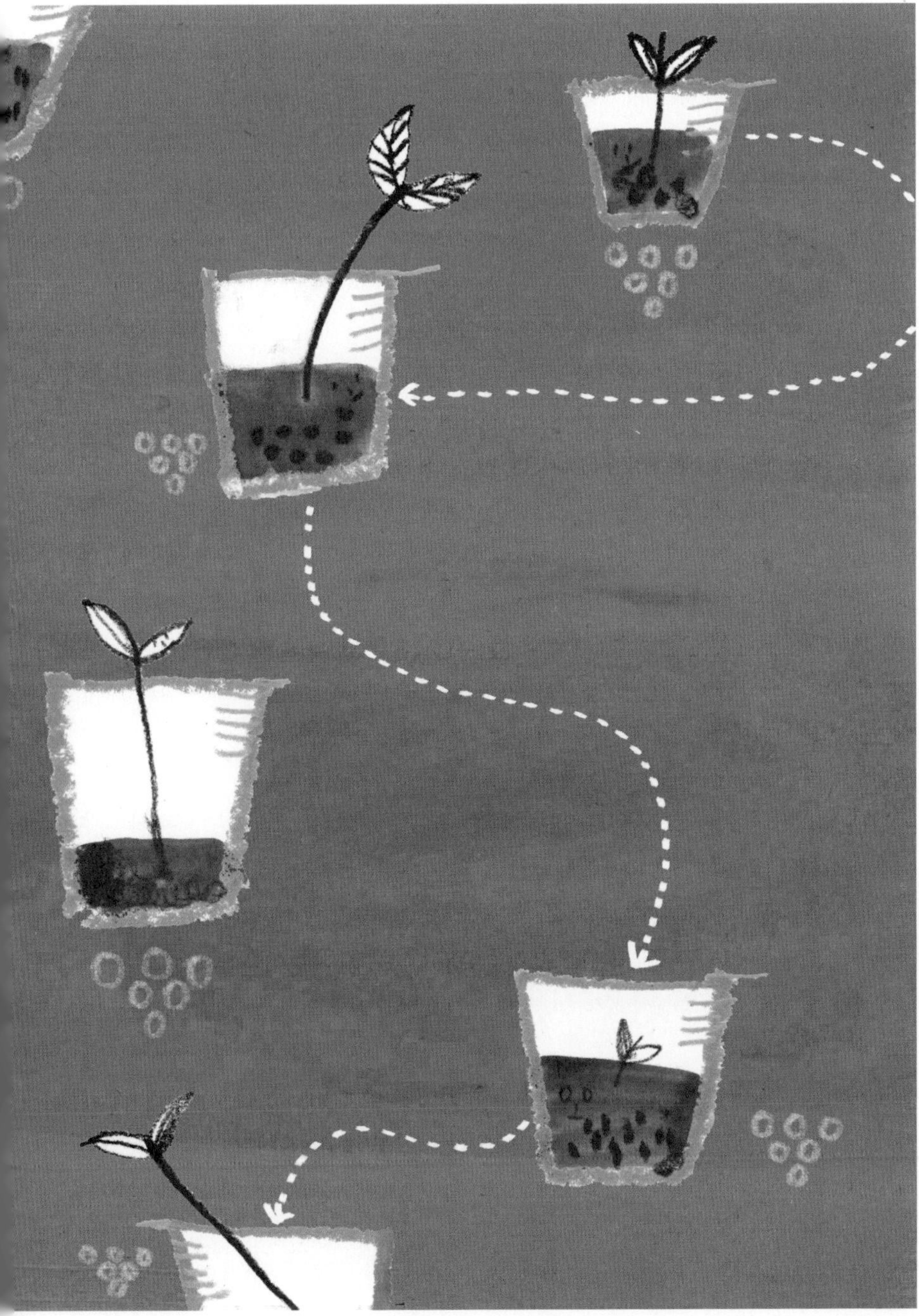

"많이 힘들고 어려웠을 테지만, 결국은 네가 결정한 대로 이루어냈어! 이것이 무척 중요한 사실이야. 비록 어렵고 힘든 상황일지라도 너는 네가 결정한 대로 이루어낸 경험이 이렇게 많아. 그것을 기억하는 것이 중요해. 너는 바로 그런 존재야. 다시 말해서 너는 결정하는 자, 그리고 이루어내는 자야."

지훈은 속으로 그 말을 따라했다.

'나는 결정하는 자다. 그리고 또 이루어내는 자다.'

"이번에는 성공 경험에서 네 강점들을 찾아보자. 다양한 성공 경험들 중에서 비슷하거나 되풀이되는 경험, 공통점이 네 강점이 될 수 있어."

큰산이 지훈을 바라보면서 이야기했다.

지훈은 큰산과 함께 자신이 적은 성공 경험 리스트를 들여다보았다. 그리고 두 사람은 다음과 같은 비슷한 점을 찾아냈다.

비슷한 경험	공통 강점들
도서관에서 가장 늦게 나왔음 아르바이트로 1천만 원을 모았음	목표를 놓치지 않고 자기 관리가 탁월함
군대에서 신병들을 위한 지침서를 만듦 패밀리 레스토랑에서 베스트 매니저가 됨	관리자, 매니저 역할이 잘 맞음.

“넌 자기 관리 능력이 탁월한 편이구나. 한번 목표를 세우면 어떻게든 이루어내는 사람이야. 매니저 능력도 뛰어나고.”

“정리해 보니 그렇네요!”

“벌써 이렇게 강점을 두 개나 찾았지? 또 성공 경험 9번과 10번을 보니 네게 ‘레스토랑 경영’도 잘 어울릴 것 같은데, 어때?”

“신기하네요. 사실 한 번쯤 꿈꾼 적이 있어요. 저만의 식당을 경영해 보는 거요.”

“좋아. 그럼 네가 원하는 직업 후보 중 하나로 올려두자. 이번에는 강점 검사라는 걸 해보자. 강점 검사는 자기가 자신이 있다, 이건 강하다고 생각하는 것들을 검사를 통해서 찾아내는 거야. 여기 여러 내용 중에서 네가 이건 강하다, 자신 있다 그런 느낌이 드는 것 다섯 가지를 골라봐.”

지훈이 강점 검사(130쪽 참조) 용지를 천천히 읽어가면서 그 가운데 다섯 가지를 골라냈다.

1. 공감하기
2. 성실함
3. 맛 평가하기
4. 꼼꼼함
5. 정리정돈하기

지훈은 자신에게 그래도 강점이 다섯 가지나 있다는 사실에 왠지 기분이 좋아졌다.

"좋아. 그럼 오늘은 여기까지 할까?"

지훈이 미소로 대답하는 순간, '펑' 하는 소리와 함께 플라스크 마개가 튀어 올랐다. 둘 다 놀라 플라스크를 쳐다보았다. 새싹이 어느새 자라서 마개를 밀고 올라온 거였다.

"오예! 봐, 지훈아. 네 꽃은 이렇게나 생명력이 가득해. 그러니 너도 네 자신을 좀 더 믿어도 괜찮아."

지훈은 큰산의 말에 눈물이 핑 돌았다. 지훈이 해먹 위로 올라가자 촉촉한 지훈의 눈을 감겨주며 큰산이 따뜻하게 한 마디를 건넸다.

"축하해. 네 꽃은 이제 더 무럭무럭 자랄 거야."

잠에서 깨어난 지훈은 한참 동안 눈을 감은 채 플라스크를 뚫고 나온 새싹을 마음속에 그렸다. 그리고 자신의 성공 경험들을 쓴 종이를 들고 다시 읽어보았다. 그리고 다짐하듯 읊조렸다.

나는 이미 많은 성공을 경험한 사람이다.

과거에 어렵고 힘든 일들을 많이 이겨낸 경험이 있다.

나는 결정하는 사람이다. 그리고 이루어내는 사람이다.

그래, 나의 꽃을 내가 결정해야겠다. 멋지게 피워보자.

지훈은 주말에 은영이를 다시 만나야겠다고 생각했다. 은영이도 무언가를 새롭게 시작할 때면 늘 두려워하던 것이 기억났기 때문이다. 같이 성공 경험을 적어보는 것도 서로를 이해하는 데 큰 도움이 될 것 같았다.

주말에 만나자고 은영에게 연락한 뒤 침대에 다시 누운 채 지훈은 여태까지 자신이 최선을 다해 살아온 사람이라는 사실을 다시 한 번 되새겼다. 입가에 흐뭇한 미소가 절로 지어졌다.

자신의 꽃을 피우는 5단계

성공 경험 적기

과거에 두렵고 떨렸지만 용기를 내어 남의 눈을 의식하던 것을 극복하고 자신이 바라던 일을 이루어낸 경험을 찾아보자. 이 단계는 절대로 그냥 넘어가지 말고, 꼭 시간을 내어서 적어본다. 생각하고 기억해 내 직접 적는 것과 '그냥 그렇구나!'라고 이해하고 넘어가는 것은 아주 큰 차이가 있다. 아무리 작고 시시하다고 생각되는 것도 빠뜨리지 말고 다 적어보자.

1 ______________________________

2 ______________________________

3 ______________________________

4 ______________________________

5 ______________________________

6 ______________________________

7 ______________________________

8 ______________________________

9 ______________________________

10 ______________________________

11 ______________________________

12 ______________________________

13

14

15

16

17

18

19

20

이제 성공 경험들 중에서 비슷하거나 되풀이되는 공통점이 있는지 살펴보자. 반복되는 경험이나 공통점을 보면서 자신의 강점이 무엇인지도 함께 살펴보자.

비슷한 경험	공통 강점들

강점 검사

성공 경험들 가운데서 강점을 찾을 수 없다면 아래의 강점 목록 가운데서 찾아볼 수 있다. 자신이 강하다는 느낌을 주는 강점 다섯 개를 선택한다.

가르치기	가설 세우기	가창력	감수성	개선하기
개념화하기	개방적 사고	개선하기	격려하기	결단력
경청하기	계산하기	계획 세우기	고안하기	공간 활용하기
공감하기	공예	관계 맺기	관리하기	관찰하기
꾸미기	그리기	글쓰기	기기 다루기	기록하기
기술 습득	기억하기	기획하기	근면	감상하기
노래하기	논리적	놀이 진행	놀이 개발	눈치 빠름
단호함	대화하기	도구 활용하기	도전적	도움
독립심	독창성	돌봄	동기 부여하기	동물 친화
디자인 감각	뚜렷한 목표	리더십	맛 평가하기	모방하기
목표 지향성	문제 해결하기	박자 감각	발명하기	배려하기
번역하기	베풀기	봉사하기	분류하기	분석하기
분해 조립하기	사색하기	상담하기	상상하기	설계하기
설득하기	설명하기	성실함	솔선수범	솔직함
수리하기	수집하기	수용하기	승부욕	식물 친화
신념	신뢰주기	신중함	실행하기	실험하기

손재주	아이디어	악기 연주	안내하기	여행하기
연결하기	연구, 탐구	연설하기	영성	예산 세우기
예술성	예측하기	옷 만들기	외국어	요리하기
운동 가르치기	운전하기	원칙적	유머	융통성
응원하기	의미 파악	의사소통	이미지 연상	이상 추구
이야기 만들기	이해하기	익살 부리기	인과 관계 파악	인내하기
임기응변 능력	완벽주의	자기 성찰	자기 점검	자기 주장
작곡하기	재테크하기	저축하기	적응하기	점검하기
절제하기	정돈하기	정리하기	조사하기	조언하기
조형 제작	종합하기	준비하기	중재하기	지도력
직관력	진단하기	진취적	질문하기	집요함
집중력	차분함	창의적	책 읽기	책임감
청음 능력	체계화하기	촬영하기	추리하기	추진하기
춤추기	치밀함	친화력	창조성	코디네이션
통역하기	통솔하기	통찰력	통합하기	투자하기
트렌드 파악하기	팀 만들기	판매하기	편집하기	평가하기
포용하기	표정 읽기	표현하기	프로그램 만들기	핵심 파악하기
헌신적	혁신적	협동하기	협상하기	호기심
활동적	효율적	회계 능력	흉내 내기	힘쓰기

자신의 강점 다섯 가지를 적어보자.

1

2

3

4

5

여섯 번째 만남

"취미로도 먹고살 수 있나요?

노력보다 선택이 중요하다

지훈은 주말에 은영과 만나 다시 이야기를 나눴다. 큰산과 함께 적었던 자신의 성공 경험 리스트도 보여주었다. 자신감이 늘었다는 얘기, 무엇보다 성공 경험들 가운데 공통점을 살펴보면서 이제 자신이 정말로 잘할 수 있는 것이 무엇인지 알게 되었다는 얘기도 했다.

"이걸 하고 나니까 네 생각이 났어. 너도 함께 성공 경험을 적어보면 어떨까 해서. 너도 지금 준비하고 있는 공무원 시험이 진짜 네 길인지 확신하기 힘들다고 했잖아. 이걸 하고 나면 자신감도 붙고, 정말로 네 길인지도 확인해 볼 수 있을 거야!"

하지만 밝은 표정의 지훈과 달리 은영은 여전히 어두운 얼굴이었다. 아주 잠시 침묵이 흘렀고, 은영이 무겁게 입을 뗐다.

"오빠 말대로 그런 걸 하면 자신감이 잠깐 붙을 순 있겠지. 그렇지만 그때뿐이야. 결국은 다시 쳇바퀴 돌듯이 제자리로 돌아오게 될 걸? 나도 공무원 시험 준비하면서 긍정적으로 생각하려고 여러 번 노력했어. 근데 합격하지 않는 이상, 내 삶은 달라지지 않을 거야. 늘 패배자 같은 느낌일 뿐이라구.

지금 나는 공무원 시험이 내 길인지 아닌지 확인하는 것보다 빨리 합격해서 이 지긋지긋한 취업 준비생에서 벗어나는 게 더 중요해. 엄마 아빠한테 손 벌리면서 인터넷 강의 수강하고, 편의점에서 끼니 때우고, 취업에 성공한 친구들 박수 쳐주고…… 그러고 난 뒤 집에 돌아와 자기 전에 난 왜 아직도 이 자리인지 한탄하면서 울다 잠드는 이런 생활, 그만하고 싶어.

그리고 공무원이 얼마나 안정적인 직업인지 오빠도 잘 알잖아? 부모님께도 당당해질 수 있고, 사람들에게도 당당하게 말할 수 있어. 꿈을 찾는다고? 당연히 좋지. 하지만 나는 그냥 그 정도면 충분히 행복하게 살 수 있을 것 같아."

"……"

"난 오빠가 지난번 내 얘길 듣고 생각을 좀 바꾸지 않았을까 기대했는데, 이렇게 현실적이지 못한 사람인지 몰랐어. 난 오빠처럼 그렇게 꿈만 꾸면서 모험을 하고 싶진 않아."

지훈은 은영에게 자신도 두렵기는 하지만 그래도 요즘 자신을 알아가는 기쁨이 정말 크고 마침내 꿈을 찾는다는 사실에 가슴이 설렌다는 이야기를 열심을 다해 들려주었다. 하지만 은영의 표정은 크게 달라지지 않았다.

"오빠, 미안하지만 내 생각엔 변함없어. 오빠도 여전히 생각에 변함이 없다면……"

은영은 물을 한 모금 마시더니 어렵게 입을 뗐다.

"서로 자기 갈 길을 가는 게 낫지 않을까?"

"은영아."

"잘 생각해 봐. 나 먼저 갈게."

지훈은 은영을 붙잡고 좀 더 설득을 해보고 싶었지만, 이내 고민에 빠졌다. 은영의 말이 크게 틀린 것도 아니라고 생각되었기 때문이다. 지훈의 주변에도 취업 우울증에 시달리는 친구들이 적지 않았고, 대인기피증까지 생긴 친구도 있었다.

처음엔 다들 긍정적이고 밝은 미래를 그리면서 열심히 취업 준비를 하던 친구들이었다. 하지만 시간이 흐르면서 가고 싶은 회사냐 아니냐를 가리지 않고 모집 공고가 보이는 대로 마구 이력서를 넣기 시작했다.

이력서와 자기소개서를 공들여 써서 지원해도, "안타깝지만 불합격입니다"라는 내용의 답신을 받기 일쑤였다. 백 군데는 넣어야 그나마 한두 곳에서 연락이 온다는 이야기를 믿고 싶지 않았지만 현실이었다. 친구들은 서로 입을 맞추기라도 한 것처럼 똑같은 말을 했다. "어디라도 상관없으니 제발 붙기나 했으면 좋겠다."

지훈은 지금 상황에서 은영을 설득하기가 힘들겠다는 것을 직감적으로 알았다. 게다가 은영이 원하는 대로 하려면 다시 컴퓨터공학을 공부해서 그쪽으로 취업할 곳을 찾아야 했다. 하지만 취업하기 위해서, 또 은영이 말처럼 부모님과 친구들에게 떳떳해 보이려고 자신이 정말 원하는 일을 포기하고 싶지는 않았다. 이제야 비로소 진짜로 하고 싶은 것을 찾고 그것을 실제로 해보는 것이 얼마나 행복한 일인지 그 맛을 알아가기 시작했는데, 여기서 멈추고 싶진 않았다.

은영이 나간 뒤에도 지훈은 혼자 카페에 앉아 한참 동안 생각에 잠겼다.

그러곤 끝내 은영이 자신을 이해하지 못하고 갈라서게 된다 해도, 자신의 꿈을 포기하지 않고 끝까지 도전해 보기로 마음을 굳혔다.

"잘 지냈어?"

큰산의 목소리에 지훈이 눈을 떴다.

"그럭저럭 보냈어요. 오전엔 헬스장 가서 운동하고, 오후엔 아르바이트 하면서……"

지훈은 은영과 싸운 내색을 하지 않으려고 했지만, 표정을 숨길 수는 없었다.

"여자 친구와 대화가 잘 안 됐나 보지?"

"음, 네. 헤어질 것 같아요."

"저런…… 괜찮아?"

"힘드네요. 제가 힘들 때 곁에서 함께해 준 친구여서 미안하기도 하구요."

큰산이 건넨 오아시스 물을 한 잔 마시고 지훈은 은영과 어떤 이야기를 나누고 어떻게 해서 헤어질 결심을 하게 되었는지 이야기했다.

"사실 틀린 얘기는 아니었어요. 제 주변 친구들도 다 그렇고, 저도 상황이 크게 다르진 않으니까요. 그렇지만 다시 과거로 돌아가는 건 더 싫었어요. 좀 힘들어도, 제가 진짜로 하고 싶은 일을 해야 행복할 것 같아요. 그리고……"

"그리고?"

"제 꽃 생각이 자꾸 났어요. 여기서 포기하면 그냥 시들어 죽어버릴 텐데, 나중에 시간이 지난 뒤에는 다시 살릴 수 없을 것 같았어요. 꼭 멋진 꽃을 피우고 싶어요."

지훈의 눈빛에 결의가 가득한 것을 보고 큰산은 고개를 끄덕이며 미소를 지었다. 큰산이 테이블에 앉자, 지훈도 해먹에서 내려와 테이블에 앉았다. 이제는 자신에게 꼭 맞춘 것처럼 편안해진 자리였다.

"지훈아, 꽃을 피우기 전에 먼저 한 가지 기억해 두어야 할 게 있어. 음악 소리를 들을 수 없었던 사람들은 말이야, 춤추는 사람들을 보고 미쳤다고 했단다."

"예? 무슨 말씀이세요?"

"자신만의 춤을 추는 사람은 다른 사람들에게 제정신이 아니라고 수군거림당하기 쉽단 얘기야. 심지어 가장 가까운 친구에게도."

"왜 그렇지요? 오히려 가까운 사람들이 더 잘 이해하고 응원해 주어야 하지 않나요?"

"그런데 어쩔 수가 없단다. 너의 가슴 신호등은 너밖에 느낄 수 없고, 너의 음악 소리는 너밖에 들을 수 없기 때문이야. 다른 사람들은 결코 네 내면의 목소리를 들을 수 없어."

"그렇다면 나만의 목소리를 따라가려면 계속 그런 반대와 어려움을 경험할 수밖에 없겠네요."

"그래. 앞으로 더욱더 많은 어려움과 반대에 부딪칠 수도 있어. 어떡할래? 여기서 그만둘까? 그래도 계속 가볼래?"

"무슨 말씀이세요? 당연히 계속 가야죠. 어떻게든 부딪쳐볼게요."

"좋아. 하지만 너무 긴장하진 않아도 돼. 그런 반대와 어려움이 영원히 계속되지는 않을 테니까. 어느 순간 놀랍게 바뀔 거야."

"정말 그렇게 될까요?"

"응, 자신의 꽃을 피우는 데 3년만 미치다 보면 어느새 반대하던 주변 사람들이 너를 인정하고, 나아가서는 너를 돕고 응원하는 사람으로 바뀌어 있을 걸? 전에 말했던 10년 법칙 기억나니?"

"예."

"그 10년 법칙을 조금 더 자세히 설명해 줄게. 처음 3년은 고난과 어려움의 시간이야. 그로부터 2년쯤 지나 5년 정도가 되면 비로소 그 분야에서 인정을 받기 시작하지. 그리고 다시 5년 정도 더 노력하면 그 분야의 전문가가 될 수 있어. 그러니까 처음 3년을 잘 견뎌내는 게 중요해."

지훈이 고개를 끄덕였다.

'그래, 내 꽃을 피우기 위해 우선 3년은 내가 하고 싶은 것에 미쳐보자.'

더 이상 희망도 없이 끌려가듯 살아가기는 싫었다. 지훈은 다시금 마음을 다잡았다.

"네, 견딜게요. 3년간은 한번 미쳐볼 겁니다."

"좋아, 그럼 시작해 볼까? 기억해. 속도보다는 방향이 중요하다는 거. 노력보다 선택이 더 중요하다는 말이야."

"노력이 제일 중요한 거 아니에요? 어떻게 선택이 더 중요하죠?"

"지금 자신이 살아가는 모습이나 갖고 있는 물건, 핸드폰, 옷, 직장, 심지어 여자 친구나 앞으로 결혼하게 될 배우자까지 모두 자신의 '선택'에서 비롯되지. 우리의 현재 모습은 우리가 한 선택에서 결정적인 영향을 받는다는 말이야. 삶은 대부분 네가 선택한 대로 열린단다. 그러니까 당연히 노력보다 선택이 중요하지."

"그렇네요. 어떻게 해야 선택을 잘할 수 있을까요?"

"너의 가슴 신호등이 너에게 늘 알려주고 있다는 사실을 기억해. 네가 무엇을 좋아하고 언제 행복한지, 변하지 않는 열정이 무엇인지, 너의 강점이 무엇인지…… 모든 일은 그렇게 네 자신에서부터 출발하는 거야."

"아, 그래서 우리가 지금까지 그 작업들을 해온 거군요."

지훈은 새삼 지금까지 했던 작업들에 어떤 의미가 있는지 깨달았다.

"그래. 그럼 이제 다시 한 번 정리하면서 네 자신에 대해 정확히 이해해 보자."

지훈은 큰산과 함께 그간 해왔던 질문들을 하나씩 다시 던져보면서 자신이 찾은 답들을 되짚어보았다.

물음	찾은 방법	답변
1. 좋아하는것은 무엇인가?	1. 버킷 리스트 2. 직업 흥미 검사	1. 상담 전문가 2. 여행 관련 직업 3. 스포츠 트레이너 4. 사회 복지사 5. 학원 강사
2. 행복할 때는 언제인가?	1. 행복할 때가 언제인지 적기 2. 가슴 뛰는 동사 3. 가슴 신호등	1. 여행 2. 맛집 3. 운동
3. 열정은 무엇인가?	1. 꿈의 히스토리 2. 가슴 신호등과 버킷 리스트의 공통점	1. 남을 돕는 것 2. 모험과 체험 3. 몸으로 활동하는 것 4. 사람들과 관련된 일
4. 잘하는 것은 무엇인가?	1. 다중 지능 검사 2. 직업 적성 검사	1. 인간 친화 지능 -상담 전문가, 여행 상품 개발원 2. 자기 성찰 지능 -상담 전문가, 학원 강사 3. 신체 운동 지능 -스포츠 트레이너
5. 강점은 무엇인가?	1. 성공 경험 적기 2. 강점 검사	1. 공감하기 2. 성실함 3. 맛 평가하기(레스토랑 경영) 4. 꼼꼼함 5. 정리정돈하기

"어때? 지금까지 네가 해온 작업들을 정리해 보니까."

"신기하네요. 그리고 어쩌면 계속 비슷한 것이 반복되기도 했던 같아요."

"그렇지? 자, 이제 이 내용을 가지고 지훈이 네가 어떤 꽃을 피우게 될지 구체적으로 찾아볼까? 네가 하고 싶은 일을 선택한다는 말이야. 선택할 때 도움이 되는 기준이 있어. 바로 인생에서 전공, 즉 일생의 테마(라이프워크)로 삼을 것과 취미로 할 것을 구분하는 거야."

"전공과 취미라……"

지훈은 순간 헷갈렸다. 취미가 발전해서 전공이 되는 것 같은데 왜 구분해야 하는지 모르겠다는 생각이 들었다.

"그 둘을 구분해야 네 꿈이 훨씬 명확해진단다. 사람들은 자기가 흥미를 느끼는 일 중 하나를 선택해서 전공으로 삼고 싶어 하면서도 어떤 걸 선택하면 좋을지 몰라 헷갈려하고, 한때의 취미를 자기가 정말 하고 싶은 일인 줄로 착각해 전공으로 선택하기도 해. 그래서 혼란에 빠진단다. 하지만 전공과 취미는 엄연히 다른 거야."

"그래요? 두 가지가 밀접하게 관련돼 있다고 생각했는데, 뭐가 다른 건가요?"

"먼저 전공은 10년 법칙에서 얘기한 것처럼 적어도 10년은 준비해서 꽃을 피우는 일이지만, 취미는 1년, 아니 몇 달도 안 돼 바뀔 수 있는 거지. 또 전공은 나를 경제적으로 독립시켜 줄 수 있는 것이어야 해. 즉 내가 먹고살 수 있을 만큼의 수입을 벌 수 있는 것이어야 하지. 하지만 취미는 굳이 경제적으로 도움되는 것이 아니어도 좋아. 사람들은 오히려 취미 생활을 하기 위해 돈을 들이지. 그냥 즐길 수 있으면 되는 거야. 마지막으로 전공은 일주일에 적어도 3일 이상 몰두할 수 있는 것이고, 취미는 일주일에 한 번만 해도 되고 1년에 한 달만 해도 되는 거야. 어때, 이해가 좀 되지?"

"네, 둘이 정말 다르네요."

"좋아. 이제 그 점을 염두에 두고 그동안 찾아낸 흥미 직업들을 전공과 취미로 나눠보자."

전공과 취미를 구별하는 물음

전공	취미
매일매일 그 일을 해도 행복한가?	일주일에 한 번, 한 달에 몇 번 정도만 해도 이것에 만족할 수 있는가?
적어도 10년 이상 그 일에 몰두할 수 있는가?	6개월, 1년 후에 바뀌어도 좋은가?
그 일이 나를 경제적으로 독립시켜 줄 수 있는가?	이것과는 별도로 경제적인 고민을 해야 되는가?

지훈은 지금까지 큰산과 함께 찾은 여러 흥미 직업들을 전공과 취미로 분류하기 시작했다. 곰곰이 생각해 보니 사회복지사는 지금처럼 한 달에 한 번 정도 봉사 활동으로 하면 될 것 같고, 스포츠 트레이너는 헬스장을 다니면서 몸을 단련하는 것만으로도 만족할 수 있을 것 같았다. 그래서 여행 상품 개발원, 레스토랑 경영, 상담 전문가를 놓고 자신의 10년 전공으로 어떤 걸 선택할 것인지 고민하기 시작했다.

지훈이 구분한 전공과 취미

전공	취미
1. 여행 상품 개발원(여행사) 2. 레스토랑 경영 3. 상담 전문가	1. 사회 복지사 2. 스포츠 트레이너

큰산은 지훈이 구분한 전공과 취미를 보고 고개를 끄덕였다. 종이를 내려놓고 지훈에게 물었다.

"지훈아, 그러니까 너에게는 전공으로 세 가지 가능성이 있는 거네, 그렇지?"

"예. 여행사, 레스토랑 경영, 상담 전문가 이렇게 세 가지 중에서 하나를 전공으로 삼고 싶네요."

"그 중에 어떤 것에 가장 마음이 가?"

"거기까진 아직 잘 모르겠어요."

"음, 괜찮아. 지금 단계에서 너의 선택을 도와줄 좋은 방법이 있어. 네가 고민하는 전공들과 관련된 책을 다 살펴보는 거야. 그러니까 지훈이 너는 여행이나 여행사에 관한 책, 레스토랑 경영에 관한 책, 그리고 심리나 상담에 관한 책을 읽어보면 되겠지. 그냥 서점이나 도서관에서 일주일을 보낸다고 생각하고 찾아서 읽어봐. 적어도 한 가지 전공당 세 권 이상은 읽도록 해. 인터넷을 이용해서 관련 정보와 추천 도서를 더 찾아봐도 좋고! 그 과정에서 가슴 신호등이 알려줄 거야. 네가 가장 원하고 가슴 설레는 전공이 무엇인지 말이야."

"전공과 관련된 책이라 하면 그 분야에서 일하는 사람들의 이야기일 수도 있겠네요?"

"응. 그렇게 보내고 나서 우리 다시 만나자꾸나!"

지훈은 그동안 자신의 꿈을 어떻게 찾을지 고민하고 생각만 했지, 이렇게 직접 정보를 찾아보려는 노력은 별로 하지 않았다는 생각이 들었다. 당장 서점과 도서관에 가서 관련 서적들을 찾아보고 싶은 마음이 간절해졌다.

"벌써부터 기대가 돼요. 이번 주는 최대한 서점과 도서관에서 보내도록 노력할게요."

"그래. 그런데 그 시간을 즐기는 게 무엇보다 중요해. 보물찾기 같은 놀이니까."

"놀이처럼 즐겁게 해볼게요."

지훈은 고개를 살짝 끄덕이며 해먹 위에 올라갔다. 그리고 이내 깊은 잠에 빠져들었다.

지금까지의 작업 정리, 전공과 취미 구분하기, 관련 도서 읽기

이 단계에서는 먼저 지금까지의 작업들을 일목요연하게 정리한다.

물음	찾은 방법	답변
1. 좋아하는 것은 무엇인가?	1. 버킷 리스트 2. 직업 흥미 검사	
2. 행복할 때는 언제인가?	1. 행복할 때가 언제인지 적기 2. 가슴 뛰는 동사 3. 가슴 신호등	
3. 열정은 무엇인가?	1. 꿈의 히스토리 2. 가슴 신호등과 버킷 리스트의 공통점	
4. 잘하는 것은 무엇인가?	1. 다중 지능 검사 2. 직업 적성 검사	
5. 강점은 무엇인가?	1. 성공 경험 적기 2. 강점 검사	

그 다음으로, 자신의 전공과 취미를 구분해서 적는다.

전공	취미

전공	취미

마지막으로, 서점과 도서관에 가서 자신이 선택한 전공과 관련된 책들을 찾아서 목록을 작성하고 읽는다.

번호	전공 도서	이유
1		
2		
3		
4		
5		

일곱 번째 만남

"저도 그렇게 할 수 있을까요? 그럴 용기가 부족해서......"

생각보다 꿈은 가까이 있다

지훈은 눈을 뜨자마자 바로 일어나서 씻고 나갈 준비를 했다. 먼저 서점으로 갔다. 여행사, 상담가, 그리고 외식 산업에 관한 책들을 찾아보기 시작했다. 생각보다 엄청나게 많은 책들이 있었고, 저자들도 다양했다. 관련 서적들을 살펴보다 보니 특별히 더 읽고 싶은 책이나 만나고 싶은 사람들이 추려지기도 했다. 다음날에는 도서관에 가서 메모해 둔 몇몇 책들을 대출해 읽었다. 그리고 시간이 날 때마다 수시로 인터넷을 통해 여행사, 상담가, 외식 산업에 관련된 자료들을 검색했다.

그렇게 며칠이 지났다. 지훈은 전날 늦게까지 책을 읽다가 늦잠을 잤고, 아르바이트 시간에 늦을까봐 허겁지겁 나오면서 책상 위에 놓인 책 중 손에 잡히는 걸 아무거나 한 권 집어 들었다. 아르바이트를 마치고 카페에 가서 책을 읽으려고 꺼내보니 허겁지겁 들고 나온 책은 다름 아닌 《장사의 신》이었다. 우노 다카시라는 사람이 쓴 일본식 선술집에 관한 책이었다.

'《장사의 신》이라, 어떨까?'

지훈은 커피를 마시면서 천천히 책을 읽어나가기 시작했다. 그런데 갑자기 전기가 오듯 짜릿한 느낌이 들었다. 지훈의 눈은 "요리를 잘하지 못해도 작은 음식점을 열 수 있다"는 문장에 오래도록 멈춰 있었다. 가슴이 뜨거워졌다.

사실 지훈은 어렸을 때부터 자신만의 조그만 레스토랑을 운영해 보고 싶은 마음이 있었다. 하지만 요리 솜씨가 썩 뛰어나지 않다는 생각에 일찌

감치 포기한 꿈이었다. 그런데 요리 실력이 뛰어나지 않아도 식당을 열 수 있다니…… 그동안 잊혔던 꿈이 새로운 모습으로 지훈에게 다가오는 것 같았다.

그 후로는 여행사나 상담가에 관한 책은 눈에 들어오지 않았다. 오직 요리와 레스토랑에 관한 책만 자꾸 읽고 싶어졌다.

'가슴 신호등이 알려준다는 게 이런 거구나. 그래! 나만의 작은 식당…… 생각만 해도 가슴이 뛰어. 그래서 내가 맛집 투어를 좋아하고 맛있는 걸 함께 먹기를 좋아하는구나!'

지훈은 드디어 찾은 자신만의 꽃을 머릿속으로 그리고 또 그려보았다. 빨리 큰산을 만나고 싶어졌다. 하지만 한편으로는 두려움도 올라왔다. 과연 '이것이 진짜 내 꿈일까? 지금까지 해온 학교 공부를 접고 완전히 다른 길로 가는 건데…… 괜찮을까?' 하는 의심과 두려움 가운데서 쉽게 잠을 이룰 수 없었다.

"할로?"

지훈은 바로 눈을 떴다. 큰산에게 자신만의 꽃을 찾았다고 빨리 말하고 싶었다.

"잘 지내셨어요?"

"오예, 이젠 내 안부를 묻네? 이렇게 적극적인 걸 보니 드디어 무언가를 찾은 모양이구나."

지훈은 큰산이 눈치가 참 빠르다고 생각했다. 지훈도 시간을 끌지 않고 바로 말을 했다.

"작은 식당을 차리려고요. 저만의 가게요. 그 생각만 하면 가슴이 뛰고 설레요!"

"오예! 근데 어떻게 그걸 찾아냈어? 궁금하네."

지훈은 큰산에게 《장사의 신》이라는 책 이야기와, 자기만의 식당을 열어 보고 싶었지만 그동안 요리를 잘하지 못한다는 생각에 포기하고 있었다는 이야기를 했다. 지훈의 이야기를 진지하게 들으며 큰산은 연신 고개를 끄덕였다.

"그걸 깨닫고 나니까, 음식점이나 요리에 관한 책들이 정말 재미있게 읽혔어요. 그런데 한편으로 불안감도 좀 있어요. 이런저런 의문도 들고요."

지훈의 강렬한 눈빛을 보고 큰산이 미소를 지었다.

"뭐가 불안해? 의문이 드는 건 뭐고?"

"이것이 진짜 내 꿈일까, 학교 공부와 전혀 상관없는 새로운 걸 시작하는 게 맞나, 또 식당을 하려면 돈이 필요한데 자금 마련이 현실적으로 가능한 일인가, 뭐 그런 의문들이요. 그래서 두렵기도 하고, 딱 부러지게 결정할 수가 없어요."

"그렇구나! 그러면 그 두려움과 의문을 하나씩 풀어가 보자!"

"좋아요. 그럼, 먼저 이것이 진짜로 내 꿈일지 중간에 바뀌지는 않을지 그것부터 얘기해 봤으면 좋겠어요."

"이것이 진짜인지 아닌지는 경험해 봐야 알 수 있어."

"제가 어디서 경험을 해요?"

"네 꿈을 이미 이룬 사람들이 일하는 곳에서 적어도 60일 정도 일을 해보면 네가 그 일을 진정으로 원하는지 아닌지 알 수 있어. 난 그걸 '60일 법칙'이라고 불러."

"60일 법칙?"

"응. 그러니까 너의 가슴 신호등이 알려준 그 일을 적어도 60일 이상은 경험해 봐야 한다는 얘기야. 그러면 진짜인지 아닌지 알게 되지. 만약 아니라면 그때 그만두어도 돼."

지훈은 식당 관련 책을 읽을 때 얼마나 가슴 뛰고 신났던가를 떠올렸다. 그러니까 현장에서 그 정도는 일해 보는 것도 괜찮겠다는 생각이 들었다.

"좋아요. 그럼 그 다음으로, 제가 군대를 다녀와서 지금 스물여섯 살인데, 이 나이에 완전히 새로운 걸 시작한다는 게 늦은 건 아닐까요?"

"네 생각은 어때? 늦은 것 같아?"

"예. 제 친구들은 이미 취업 준비들을 하고 있는데요."

"어떤 기관에서 꿈을 이룬 사람들, 성공한 사람들에 대해 조사를 해봤어. 그 사람들이 도대체 몇 살 때부터 그 일을 시작했는지 말야. 과연 몇 살부터였을 것 같아?"

"어렸을 때부터 아닐까요? 적어도 중학교나 고등학교 때부터 시작했겠죠."

"아니야. 우선, 성공한 창업자의 평균 나이가 서른여덟 살이었어. 마흔 넘어 시작한 사람도 38퍼센트나 됐고 말야. 그에 비하면 20대 중반에 뭔가 시작하는 게 정말 늦은 걸까? 자기 길을 찾아가는 데에 늦은 때란 없다고 봐, 나는."

"서른여덟, 마흔이라고요? 에이, 너무 늦잖아요."

"하지만 사실인 걸. 그 사람들은 그 나이까지 수많은 시행착오를 겪으면서 자신의 꿈을 찾고 그때부터 5년에서 10년 동안 그 분야에 올인해 꽃을 피워낸 거지."

지훈은 놀랐지만, 그래도 의구심이 떨쳐지지는 않았다.

"그러면 그 사람들은 분명 돈이 많아서 그럴 수 있었을 거예요. 돈이 많다면 사실 나이가 아무 상관 없을 수도 있잖아요. 실패해도 얼마든지 다시 시작할 수 있고. 나처럼 돈 없는 사람에게는 불가능한 이야기일 걸요."

"그래? 그럼 돈에 대해서 구체적으로 이야기를 한번 해보자. 너에게 영감을 주었다는 《장사의 신》에서는 어떻게 말하고 있어?"

"무얼요?"

"만약 네가 조그맣게라도 식당을 열려면 돈을 어떻게 마련하라고 하든?"

"음, 식당에서 일하면서 5년 정도 저금하라고……"

"그래. 그렇게 하면 되지."

"에이, 말은 쉽지요."

지훈은 조금 화도 나고 짜증도 났다. 자신의 생각과 큰산의 생각 사이에 간극이 너무 큰 것 같아서 답답했다.

"지훈아, 너는 드디어 가슴 뛰는 꿈을 발견했어. 그런데 네 상황에서는 도저히 이룰 수 없을 거라는 의심과 두려움이 있어. 왜 그럴까?"

"그야, 현실이 그러니까 그렇지요."

"아니야, 그 이유는 네가 너의 경험과 생각에만 갇혀 있어서 그래."

"그게 무슨 말이에요?"

"만약 《장사의 신》처럼 꿈을 이룬 사람들의 경험담을 읽거나 듣는 데 그치지 않고 그들이 일하는 곳을 직접 찾아가 만나본다면 달라질 거야. 자기 꿈을 이룬 사람들의 사례를 열 가지 정도만 알고 있어도 지금 하고 있는 고민과 두려움은 완전히 사라질걸?"

지훈은 잠시 생각에 잠겼다.

'그래, 나는 작은 식당을 직접 해보고 싶다고 생각만 했지, 그런 일에서 성공한 사람들을 많이 알고 있지는 않아.'

지훈이 큰산에게 물었다.

"그러면 어떻게 해야 될까요?"

"《장사의 신》처럼 꿈을 이룬 사람들의 이야기를 읽고, 꿈을 이룬 사람들을 만나고, 꿈을 이룬 사람들이 일하는 장소를 방문하는 거지."

"그래서요?"

"그렇게 하다 보면 그 사람들이 어려운 상황을 어떻게 극복해서 성공하게 되었는지 알게 되겠지. 네가 그런 정보들을 모으면 모을수록 너에게 더 적절한 방법도 찾게 될 거고."

말을 마치고 큰산이 꽃집에 걸려 있는 사진 하나를 내려 지훈에게 내밀었다. 의사들처럼 하얀 가운을 입고 선 두 사람이 사진 속에 있었다. 한 사람은 나이가 많아 보였고, 한 사람은 젊은이였다. 큰산이 사진 속 젊은이를 손으로 가리키며 말했다.

"이 사람도 사막에서 자기 꽃을 피운 사람이야. 옆에 서 있는 나이 많은 사람은 그의 꿈의 모델이었고. 이 젊은이도 너처럼 대학교를 휴학한 상태에서 나를 찾아왔단다. 너와 똑같은 작업을 하고 나서 자신이 피울 꽃을 '뇌 공학'으로 정했지."

"그래서요?"

"뇌 공학에 관련된 책들을 수없이 읽고 유명한 뇌 공학자 한 분을 자신의 꿈의 모델로 정했단다. 그리고 직접 찾아가서 만났어."

"어떻게요?"

"응, 그분이 개최하는 세미나에 찾아가 만난 거야."

"와우, 대단하네요."

"하지만 그 후의 이야기를 들으면 더 깜짝 놀랄 걸. 그 후 이 청년은 그분 연구소로 다시 찾아갔단다. 그러고는 아무 일이라도 상관없고 청소만 해도 괜찮으니 몇 개월만이라도 거기서 일을 돕고 싶다고 했어."

"60일 법칙이네요."

"그래. 교수님이 처음에는 당황스러워했지만 그의 마음을 알고 허락했지. 그래서 연구소 근처 독서실에 방을 구하고, 청소와 모든 소일거리를 도맡아서 했단다. 그렇게 두 달 동안 그 교수님과 지내며 자신의 미래를 그려 나갔지."

"와, 열정과 용기가 대단하네요. 지금은 어떻게 지내고 있나요?"

"그 교수님의 권유로 학교에 다시 복학했고, 졸업 후에는 그분의 추천장을 받아 뇌 공학 연구소의 정식 연구원이 되었단다."

"와, 꿈을 이뤘네요!"

지훈은 할 말을 잃었다. '그렇구나! 고민하고 생각하고 의심할 시간에 이렇게 직접 모델을 찾아서 만나야 하는 거구나!' 하는 생각이 들었다.

"저도 과연 그렇게 할 수 있을까요?"

"그럼. 너도 너의 모델을 찾고 너의 꿈을 이미 이룬 사람들이 일하는 곳을 찾아보면 그 다음 길이 보일 거야."

지훈은 그 사진 속 청년처럼 자신도 꿈의 모델을 찾아 한번 부딪쳐보고 싶다는 생각이 들었다. 떨리긴 하지만 시도는 한번 해볼 수 있지 않을까 싶었다.

"지훈아, 여기 너의 싹을 봐."

큰산은 선반 위에 있는 지훈의 플라스크를 가리켰다. 싹이 많이 자라 플라스크가 답답해 보였다.

"많이 자랐네요. 이제 플라스크가 좁고 답답해 보여요."

"그래, 이제 옮겨 심자!"

큰산은 지훈을 오아시스 옆에 있는 꽃밭으로 데리고 갔다.

"지훈아, 네가 피울 꽃들이 자랄 곳이야. 여기에 옮겨 심자."

"이게…… 정말 제 꽃밭이에요?"

"응! 맘에 드니?"

지훈은 조심스럽게 싹을 꽃밭에 옮겨 심고 물을 듬뿍 주었다.

"너의 말대로 너의 싹은 이렇게 꽃밭에 옮겨 심어야 할 만큼 자랐어. 바로 모델을 찾고 그들이 일하는 곳을 찾아가 네가 배우고 성장할 때가 되었다는 얘기지."

지훈은 자신의 싹을 옮겨 심자, 뭔가 새로운 걸음이 시작되고 있다는 느낌이 들었다.

"그러면 저도 이번 주에는 제 꿈의 모델을 찾아서 그들이 일하는 곳을 방문할까요?"

"응, 방금 얘기한 그 청년처럼 자기 꿈을 이룬 사람들이 있는 곳이 어딘지 조사해서 그곳을 방문해 봐."

"꿈이 이루어진 곳이라면……"

"네가 차리고 싶은 작은 식당이나 레스토랑을 찾아가는 거지. 그리고 그런 곳을 운영하는 사장님을 만나는 거야. 이번엔 일주일이 아니라, 한 달 동안 시간을 가져보자."

"한 달이나요?"

"응, 서두르지 말고, 그동안 너의 모델이 있을 만한 곳을 잘 찾아보렴."

"어떻게 해야 그런 곳을 찾을 수 있을까요?"

"우선 네가 지난번에 찾은 자료들을 중심으로 시작해 봐. 그래도 마땅한 곳이 없으면 인터넷으로 검색해 보고. 네가 읽었던 책에서 추천한 장소에 가봐도 좋고, 친구들이 추천하는 곳도 찾아가 봐. 그런 곳을 방문할 때마다 배우고 느낀 점을 적고, 사진도 찍어서 스크랩북을 만들면 더 좋겠지. 그렇게 한 곳 한 곳 찾아가다 보면 가장 마음에 와 닿는 곳이 분명히 느껴질 거야. 나는 벌써부터 지훈이 네가 찾은 곳이 어떤 델지 궁금하고 기대된다."

지훈은 직접 모델을 찾고 만난다는 것이 부담이 되는 듯 말했다.

"저는 기대 반 부담 반입니다. 하지만 빨리 찾아보고는 싶네요."

"즐기듯이 해! 다 잘될 거야. 자, 그럼 이제 또 가봐야겠지?"

지훈이 고개를 끄덕였다. 그리고 남은 꽃차를 마저 마신 뒤 해먹에 누웠다. 지훈의 눈을 감기며 큰산이 한 마디 덧붙였다.

"다음에는 분명 네 꽃이 멋지게 피어난 모습을 볼 수 있을 거야."

꿈에서 깨어난 지훈은 자신이 꿈꾸는 작은 식당과 가장 비슷한 곳들을 찾아보기 시작했다. 음식점과 관련된 책들도 사서 읽고, 곳곳에 있는 맛집들도 들러서 자료 조사를 했다. 그렇게 바쁘게 지내다 보니 2주가 순식간에 지나가 버렸다. 하지만 만들고 싶은 가게에 대한 윤곽이 어느 정도 잡혀가고 있었다. 지훈은 기쁘고 가슴이 벅찼다. 그리고 이 감정을 잊고 싶지 않아서 일기에 옮겼다.

"일이 끝나면 아르바이트하면서 사귄 친구들과 함께 좋은 음식점들을 찾아다니고 있다. 이번 주만 해도 벌써 세 군데나 다녀왔다. 무엇보다 '음식과 사람'이라는 주제가 내 머릿속에 분명하게 생겼다. 이걸 깊이 파고들다 보면, 나만의 요리 철학도 세울 수 있을 것 같다.

한편으로는 두려움도 올라온다. 과연 내가 해낼 수 있을까? 돈은 어떻게 마련할까? 실패하면 어떻게 되지? 하지만 가게들을 방문하면 할수록 내가 나만의 멋진 식당을 정말로 간절히 원한다는 걸 느낄 수 있다. 아, 진짜 나의 멋진 가게를 만들고 운영하고 싶다."

일기를 쓰고 나서는 그날 다녀온 작은 식당들의 사진을 프린트해서 조사한 자료들과 함께 스크랩북에 정리했다. 피곤한 몸으로 침대에 누운 지훈은 처음 큰산을 만났을 때부터 지금까지를 쭉 돌아보았다.

그때의 자신과 지금의 자신은 아주 많이 달라져 있었다. 내가 정말 좋아하는 일을 찾고 그걸 준비하는 일이 얼마나 행복하고 멋진 일인지 실감이 났다. 마치 잘 자라난 꽃들로 가득한 꽃밭 한가운데에 서 있는 것 같았다. 지훈은 기분 좋게 잠이 들었다.

자신의 꽃을 피우는 7단계

꿈의 모델 찾기, 자신과 같은 꿈을 이룬 사람들이 있는 곳 찾기

꿈의 모델 세 명 찾기

번호	모델	이유
1		
2		
3		

자신과 같은 꿈을 이룬 사람들이 있는 장소 세 곳 찾기

번호	장소	이유
1		
2		
3		

여덟 번째 만남

"부모님 때문에, 돈이 없어서, 환경 때문에……"

사막에서
흔들리며 피는 꽃

한 달 동안 지훈은 모두 열두 곳의 가게를 방문했다. 간 곳들마다 사진을 찍고 아이디어를 얻었다. 일하고 싶은 가게도 발견했다. 식당들을 찾아다니면 다닐수록 꿈은 더욱더 확고해졌다. 그래서 부모님께 자신의 꿈을 말씀드리기로 했다. 휴학을 하고 나서 한 번도 부모님께 진로에 대해 말씀드린 적이 없었다.

지훈은 부모님을 좋은 식당에 모셔 맛있는 식사를 대접하면서, 꿈을 찾기 위해 자기가 어떤 노력들을 해왔는지, 그리고 장차 어떤 일을 하고 싶어 하는지 이야기하고 싶었다. 오랜만에 가족이 함께 따뜻한 시간을 보내고, 기분 좋게 후식을 먹을 때 지훈이 조금은 떨리는 목소리로 말을 꺼냈다.

"저, 드디어 하고 싶은 일이 생겼어요."

"그래? 무슨 일? 드디어 프로그래머가 되기로 결정한 거냐? 아니면 컴퓨터 공학 박사나 교수?"

"아, 그게요……"

엄마가 반색하며 말하자, 지훈은 대답하기가 조금 망설여졌다. 그래도 정말 하고 싶은 일이니 당당하게 말씀드리기로 했다.

"가게를 열려고요."

"사업을 하겠다고? 갑자기? 무슨 가게? 컴퓨터 대리점?"

"아니요. 컴퓨터 공부는 저랑 맞지 않아서 더 이상 하고 싶지 않아요. 그 대신 작아도 저만의 멋진 식당을 차리고 싶어요."

침묵이 흘렀다. 여자 친구 은영에게 이야기했을 때와 비슷한 침묵이었다. 엄마는 아빠 얼굴만 바라보고 있었고, 아빠는 무거운 표정으로 아무 말씀이 없었다.

"저는 컴퓨터 앞에 앉아 있는 것보다 식당에서 사람들을 맞이하고 대접하는 것이 훨씬 더 즐겁고 행복해요. 제가 하고 싶은 일을 하면서 살고 싶어요."

"여태까지 컴퓨터 공부만 한 네가 식당을 연다고? 네가 요리를 잘하는 것도 아니잖니? 기껏해야 지금 레스토랑에서 아르바이트하고 있는 게 전부인데, 식당이 얼마나 하기 어려운지 알아? 게다가 요즘 망하는 식당도 많아."

"그래도 전 꼭 해보고 싶어요. 제 식당을 열어서 운영한다는 생각만 해도 가슴이 뛰어요."

지훈은 계속해서 부모님께 자신이 지금 그 꿈을 위해 얼마나 노력하고 있는지 이야기했다. 그러나 부모님은 응원하겠다는 말을 끝내 하지 않았다. 오랜만의 가족 외식은 아주 무거운 분위기로 끝이 났다. 그리고 며칠 동안 그런 분위기는 집에서도 계속되었다.

며칠 후 지훈이 아르바이트를 마치고 집에 돌아와 있는데, 아빠가 밤늦게 들어오는 소리가 들렸다.

"아니 여보, 무슨 술을 이렇게 많이 마셨어요?"

엄마의 목소리에 지훈이 거실로 나가 보니 몸도 제대로 가누기 힘들 정도로 술에 취한 아빠가 서 계셨다. 엄마의 부축을 받아 소파에 몸을 기대고 앉은 아빠가 지훈에게 말했다.

"기껏 힘들게 키워서 대학 보내놨더니 한다는 얘기가 뭐? 식당? 학과 공부도 이제 안 해? 대학 졸업은 해야 할 거 아니냐? 졸업 안 할 거야? 그리고 다른 집 애들은 번듯한 회사 취업하려고 열심히 준비하고, 벌써 취업한 애들도 있다던데, 너 혼자 튀는 것도 아니고 웬 식당이냐?

나나 네 엄마한테 잘하라고 좋은 데 취업하라는 게 아냐. 다 너 위해서 좋은 회사 가고 좋은 직업 가지라는 거지. 지금이야 딱 네 눈앞에 있는 것만 보이니까 그렇지, 안정적인 직장 갖고 있어야 결혼도 하고 가정도 제대로 꾸려. 네가 뭐가 모자라서 기업도 아니고 공무원도 아닌 식당을 하냐? 지금이라도 마음잡고 공부해라. 레스토랑 아르바이트도 그만하고 복학해. 등록금, 자취 비용 다 내가 대줄 테니까 딴 생각 하지 말고."

"아빠, 그렇지만……"

"그리고 난 주변에 아들이 식당 한다고 말할 마음 요만큼도 없다. 차장 아들 녀석이 어디 대기업 들어갔다고 며칠 전에 자랑하며 그 난리였는데, 부장 아들이 식당 주인? 그리고 네 고모나 삼촌들에게 너 식당 한다고 어떻게 이야기하냐?"

"그만해요, 여보. 애가 지금만 잠깐 그런 거지, 곧 마음잡을 거예요. 여기

물 마시고 얼른 들어가서 자요. 지훈이 너도 방으로 들어가."

"좋아, 백 번 양보해서 대기업 그런 데 못 들어가더라도 컴퓨터 관련된 일을 해! 사내 녀석이 앞치마 두르고 손에 물 묻히면서 식당 하는 거 난 못 본다."

아빠를 부축해 안방으로 들어가는 엄마의 뒷모습을 보며 지훈은 마음이 많이 아팠다. 은영에게 거절당했을 때보다 충격이 더 컸다. 방으로 돌아와 침대에 누운 지훈의 눈에서 이내 눈물이 났다. 크게 소리 내 울 수 없어 이불을 뒤집어쓰고 있는데도, 북받쳐 오르는 감정 때문에 몸이 계속 들썩였다. 지훈은 그렇게 한참 동안 울다가 지쳐 잠들었다.

"한 주 잘 지냈니? 어, 눈이 왜 그래?"

큰산은 여느 때와 다름없이 밝게 인사를 건네다가 퉁퉁 부은 지훈의 눈을 보고 놀랐다. 지훈은 대답 대신 눈물을 흘렸고, 큰산은 손수건을 건넸다. 그리고 지훈이 우는 동안 옆에서 어깨를 계속 토닥여주었다.

한참을 울고 난 뒤 어느 정도 진정이 되었는지 지훈이 물을 들이키고 큰산에게 말했다.

"부모님께서 제 꿈을 반대하세요. 아빠가 술을 많이 들고 오셔서 저

한테 서운하다고 이야기하시는데, 가슴이 무너져 내리는 기분이었어요. 아빠가 저를 위해서 얼마나 고생하시는지 아니까요. 그런데……"

"그런데?"

"그런데도 제 꿈을 포기하고 싶지가 않더라고요. 도저히 포기가 안 돼요."

말을 마치고 고개를 떨구고 있는 지훈을 큰산은 한참 동안 아무 말 없이 바라보았다. 한참 후 큰산이 물었다.

"지훈아, 우리 같이 산책 나갈까?"

지훈은 큰산과 함께 오아시스 근처에 펼쳐져 있는 꽃밭들 사이를 거닐었다.

오아시스에는 여러 종류의 꽃들이 가득 피어 있었다. 지훈은 사람들이 피워낸 꿈이 얼마나 아름다운지 그 꽃들을 보며 새삼 깨달았다. 그런데 어느 꽃밭에는 말라 있는 꽃들도 보였다.

"이 꽃밭은 어떻게 된 거예요?"

"응, 꽃들이 피다가 그만 말라버리고 말았어."

"무슨 일이 있었어요?"

"뮤지컬 배우가 꿈인 사람이 있었는데, 부모님의 반대로 중간에 그만두었단다."

지훈이 말라버린 꽃밭을 보는데 어쩌면 자기 꽃밭도 저렇게 될지 모르겠다는 생각에 마음이 아렸다. 그러던 중 이윽고 자신의 꽃밭에 도착했다.

"꽃봉오리가 생겼네요!"

"정말 그렇구나!"

지훈이 한참동안 꽃봉오리를 바라보면서 침묵에 잠겼다. 그러고 나더니 큰산을 바라보며 결의에 찬 표정으로 이야기했다.

"저, 어떻게든 내 꽃을 피워내겠어요. 여기서 내 꽃이 말라서 죽게 할 수는 없어요."

"좋아! 그만두기엔 너무 아쉽지."

두 사람은 말없이 천막으로 돌아왔다.

"지훈아, 많은 사람들이 이렇게 이야기를 해. 어렸을 때는 환경이나 성적 때문에 꿈을 펼칠 수 없었고, 커서는 부모님의 반대 때문에, 주변에 도와주는 사람이 없어서, 아니면 돈이 없어서 꽃을 피울 수 없다고 말야. 하지만 가장 중요한 건 자신이 그 꿈을 얼마나 진정으로 원하느냐야."

큰산이 옆에 있는 전구의 불을 켰다. 그리고 지훈에게 물었다.

"이 전구의 불빛은 어떻게 해서 생기는 걸까?"

"전기가 들어오니까 생기죠."

"맞아. 그런데 좀 더 구체적으로 설명하면, 전구의 필라멘트에서 양극과 음극이 서로 부딪쳐 저항이 생기기 때문에 불빛이 나오는 거야."

지훈은 큰산이 갑자기 왜 이런 말을 하는지 궁금했다.

"네 꿈이 양극이라면 네가 꿈을 이루기 힘들게 하는 모든 걸림돌은 음극이라고 할 수 있지. 꿈대로 살아가는 사람들은 모두 이렇게 양극과 음극이 부딪쳐 저항이 생기는 시간을 겪는단다. 그런데 그 저항을 겪은 그 순간이 너의 꿈이 빛나는 순간인 거야. 바로 꽃을 피울 순간인 거지."

지훈은 고개를 끄덕이며 속으로 되뇌었다.

'저항을 겪을 때 나의 꿈이 빛난다.'

"어때, 한번 해볼래?"

"네. 나는 나만의 멋진 식당을 만들 겁니다."

지훈이 큰산의 눈을 바라보며 천천히 선언하듯 이야기했다. 큰산은 지훈의 눈을 바라보며 고개를 끄덕였다.

"좋아! 지난 한 달 동안 네 꿈을 이미 이룬 사람들이 있는 곳들을 찾아봤니?"

"네! 한 달이 어떻게 지나갔는지 모르겠어요. 진짜 순식간에 지나갔어요. 아르바이트를 하면서 만난 친구들과 작은 식당들을 찾아다녔어요. 한 스무 군데 정도 다녀온 것 같네요."

"하하하! 좋다! 그래서 마음이 가는 곳은 찾았어?"

"네, 한 가게가 마음에 아주 많이 남았어요. 분위기, 음식, 직원들이 일하는 모습, 이 삼박자가 잘 맞고, 처음 간 곳이지만 친근한 느낌이 들어서 반하게 되었어요. 그곳에서 일해보고 싶다는 생각이 들 정도로요. 정말 괜찮고 멋졌어요."

"드디어 발견했구나! 거기서 일하고 싶다고 말을 해보지 그랬어?"

"네. 이렇게 멋진 식당을 여는 게 제 꿈이라고 말씀드렸어요. 그리고 기회가 된다면 여기서 일하고 싶다고 했죠."

"그랬더니?"

"아직 사람을 구하지 않는다면서 거절하셨어요."

지훈은 다소 시무룩한 표정을 지었다. 그 모습을 보고 큰산이 말했다.

"꽃을 피운 또 다른 사람 얘기를 해줄게. 그 사람은 남극의 세종기지에서 바다 생물을 연구하는 게 꿈이었어. 대학교 때 스킨스쿠버 동아리 활동을 했는데 그때 바다 속 생물들을 보는 게 더없이 좋았다는 거야. 그래서 대학원 전공도 바다 생물 분야로 정했지. 남극 세종기지에 가서 남극의 바다 생물을 연구하고 싶다는 꿈을 꾸면서 말이야. 하지만 어떻게 해야 남극 세종기지에서 일할 수 있는지 몰랐단다."

"그래서요? 그래서 어떻게 했어요?"

"그 사람은 남극 세종기지와 연관 있는 한 교수님을 찾아갔어. 이력서를 내고 왜 세종기지 연구소에서 일하고 싶은지 자신의 꿈과 열정에 대해 이야기를 했는데, 너와 똑같은 상황을 만난 거야. 지금 당장은 세종기지에서 사람을 뽑지 않는다는 말을 들은 거지."

지훈은 당연하다고 생각했다. '그렇게 드라마처럼 쉽고 간단하지 않겠지.'

"그래서 어떻게 했나요?"

"다른 일을 하면서 기다렸어. 그런데 9개월 뒤 그 교수님으로부터 연락이 왔어. 그때 이야기한 꿈이 아직 그대로라면 모집 공고가 났으니 한번 지원해 보라는 소식을 듣게 되었단다. 그 친구는 바로 지원했고 결국 합격했어. 지금 세종기지에서 연구원으로 활동하고 있어."

지훈은 남극 세종기지에서 일하고 있다는 그 사람의 이야기를 속으로 되새겼다. 당장 일할 사람을 구하지 않는다고 해서 도전을 멈추기엔 일렀던 것이다.

"9개월이 지나고 연락이 왔다는 게 놀랍네요. 제가 너무 조급했나 봐요. 저도 그 사장님께 시간이 걸리더라도 연락 달라고 말씀드리고 기다려봐야겠어요."

"그래. 그리고 좀 더 정식으로, 적극적으로 간절함을 담아서 네 꿈과 열정에 대해 말씀드려 봐."

"간절함을 담아서요?"

"응, 네가 네 전부를 올인하고 싶은 것을 발견했잖아. 그렇다면 네가 올인하고 싶은 그만큼 단단히 각오를 하고 사장님께 말씀드려."

지훈은 큰산의 말에 고개를 끄덕였다.

"꿈을 이미 이룬 사람, 즉 꿈의 모델을 만나 그 사람 곁에서 3~5년 정도 있으면서 배울 수 있는 모든 것을 배우는 거지. 지금 너는 꿈이 이루어진 장소도, 꿈의 모델도 찾았으니까, 이제 네가 해야 할 일이 그 어느 때보다 분명해진 셈이지?"

"맞아요. 꿈을 이루는 방법이 점점 손에 잡힐 듯이 구체적이고 분명해지고 있어요. 얼른 돌아가서 그 사장님을 만나봐야겠어요."

지훈의 말이 끝나자마자 큰산이 마치 길을 안내하는 사람처럼 해먹 쪽으로 손을 내밀었다. 지훈은 테이블에서 일어나 해먹에 누웠다. 큰산의 손길에 오늘도 어김없이 지훈은 깊은 잠에 빠져들었다.

잠에서 깨어난 지훈은 다른 어느 때보다 복장에 신경을 쓰고 외출 준비를 했다. 여러 번 거울을 보며 옷매무새를 가다듬고 최대한 깔끔하게 차려입었다. 간절한 마음만큼 겉으로 드러나는 옷부터 예의를 갖춰야 할 것 같았다.

지훈은 자신이 모델로 삼고 싶은 그 가게의 사장님을 찾아가 다시 만났다. 그리고 간절하면서도 당당하게 자신의 꿈을 이야기했다. 하지만 이번에도 그곳에서 일할 수 있다는 답은 듣지 못한 채 돌아와야 했다.

답답한 마음에 큰산을 만나고 싶었지만, 일주일이 지나고, 2주가 다 지나가도 큰산의 꽃집이 꿈에 나타나지 않았다. 지훈은 불안해졌지만 남극 세종기지에서 일하기 위해 9개월이나 기다렸다는 사람의 이야기를 떠올리며 기다려보기로 했다.

그리고 한 달 후 지훈은 전화 한 통을 받았다.

"지훈 씨, 그때 나 만나서 얘기했던 마음 아직 그대로인가요? 우리 가게는 사람을 더 쓸 수 없지만, 계속 지훈 씨 생각이 나서 말이지. 마침 나랑 잘 아는 사장님 두 분이 직원을 구하고 있어요. 두 분 다 멋진 식당을 운영하고 있으니까 지훈 씨가 그때 바라던 것처럼 많은 걸 배울 수 있을 거예요. 두 군데 다 찾아가 보고 그중 일하고 싶은 곳을 하나 정해보는 것도 좋을 것 같은데……"

지훈은 좋은 기회를 주셔서 감사하다고 연신 인사를 하고, 사장님으로부터 두 가게의 이름과 주소를 받았다. 그러곤 두 곳을 다 찾아가 본 뒤 그중 한 곳이 마음에 들어 그곳에서 일을 배우게 되었다.

그 시각 큰산은 지훈의 꽃밭 앞에 서 있었다. 꽃봉오리가 열리고 꽃들이 조금씩 피어나기 시작했다.

"오예, 이렇게 멋진 꽃들을 피어낼 줄 알았지! 잘하고 있군."

자신이 꿈꾸는 곳에서 일하기

자신과 같은 꿈을 이미 이룬 사람들이 있는 곳에서 그들과 함께 일하는 것은 자신의 꿈을 이루어가는 가장 좋은 방법 중 하나이다. 그런 사람들이 있는 곳을 찾아서 그곳에서 인턴으로 혹은 아르바이트로 일해본다.

자신이 꿈꾸는 곳에서 일하는 사진

아홉 번째 만남

"정말 이 길이 원했던 길인가 하는 회의감이 들어요"

한여름 태풍 속에서도 찾을 수 있는 작은 기쁨들

지훈이 식당에서 일한 지 벌써 한 달이 지났다. 그동안 여러 가지 일들이 있었다. 처음 일할 때는 드디어 바라던 곳에서 일한다는 즐거움이 컸다.

하지만 어느 날, 실수한 동료에게 사장님이 화를 냈고 주방에서 일하던 그 동료가 말없이 그만두는 일이 발생했다. 그 덕에 지훈이 나흘 동안 주방에서 내내 설거지만 했고, 이틀 전엔 술에 취한 손님에게 욕설을 듣기도 했다. 그리고 홀에서 일하는 동료와는 일하는 방식이 달라서 자꾸 부딪쳤다.

지훈은 이 길이 자기가 원하던 그 길이 맞나 하는 회의감이 조금씩 들기 시작했다. 그날 밤 지훈은 깊게 고민하다가 잠이 들었다.

"할로!"

"예, 안녕하세요?"

"그동안 어떻게 지냈니?"

"원래 일을 배우고 싶었던 가게의 사장님이 좋은 식당 두 곳을 추천해 주셨어요. 그중 한 군데에서 지금 일을 배우고 있어요."

"오예! 그런데 아주 행복해 보이진 않네?"

"예, 일을 막상 해보니까 이게 내가 진짜 원하는 길이 맞는지 오히려 고민이 되기 시작했어요."

지훈은 한 달 동안 있었던 일들을 큰산에게 들려주었다. 묵묵히 지훈이의 이야기를 듣던 큰산이 지훈에게 물었다.

"지훈아, 너만의 식당을 만들고 싶니?"

"당연히 그러고 싶지요."

"정말? 지훈아, 진심으로 물어볼게. 너만의 식당을 만드는 것이 진짜 네가 원하는 꿈 맞아?"

"예, 진짜예요. 정말 확실해요."

"지금, 그렇게 묻고 있는 거야."

"무슨 말이에요? 묻고 있는 거라니요?"

"응. 그런 어려운 일들이 너에게 묻고 있는 거라고! 그 힘듦과 어려움을 견뎌낼 만큼 가슴 뛰는 일인지 물어보고 있는 거야. '이래도 정말 이 일을 원하는가?' '정말 이 일이 가슴을 뛰게 하는가?' 그렇게 말이야."

지훈은 갑자기 할 말이 없어졌다. 큰산이 그런 지훈을 향해 미소 지으며 물었다.

"지훈아, 과수원에 사과나무를 심으면 언제 그 열매를 먹을 수 있는지 아니?"

"가을이 되면 먹을 수 있는 거 아녜요?"

"아니야. 3년 후에나 그 열매를 먹을 수 있단다."

"예? 3년 후에요?"

"응. 사과뿐만 아니라 많은 과일들이 과수원에서 첫 열매를 맺기까지 3~7년이 걸려. 그래야 비로소 열매를 먹을 수가 있어."

"그래요? 저는 봄에 심으면 그해 가을에 바로 먹을 수 있는 줄 알았어요."

"대부분 그렇게 생각하지. 하지만 3년 정도 과일나무의 뿌리가 든든히 뻗는 시간이 필요하단다. 우리의 꿈도 마찬가지야. 그래서 처음 3년이 그렇게 힘든 거야. 거친 땅속에 뿌리를 뻗는 기간인 셈이지. 자, 꿈이 피어나고 열매를 맺어가는 시간표에 대해 설명해 줄게. '꿈의 로드맵' 같은 거야."

큰산은 지훈에게 '꿈의 로드맵'을 설명해 주었다.

꿈의 로드맵

	기간	목표	방법
봄	1~3년	꿈을 찾는다.	1. 좋아하는 것 찾기 2. 행복할 때 찾기 3. 열정 찾기 4. 잘하는 것 찾기 5. 강점 찾기 6. 전공과 취미 구별하기 7. 꿈의 모델 찾기 8. 자신이 꿈꾸는 곳 찾아가기
여름	3~5년	꿈의 모델 밑에서 배운다.	1. 과일나무의 첫 열매 맺는 시간 2. 작은 기쁨 적기
가을	5~10년	전문가로서 첫 열매를 맺는다.	1. 자기 작품 2. 자기만의 책 3. 석·박사 논문
겨울	10년 후	쉬면서 뒤돌아본다.	1. 창조적 도약 2. 새로운 꿈

"봄은 싹이 나고 잎이 나고 꽃이 피는 시기이지."

"그럼 큰산과 저는 지금까지 봄을 함께 보낸 거네요?"

"그래. 네 안의 씨앗에서 싹이 나고 잎이 나고 꽃을 피웠지. 봄 시기에 무엇보다 중요한 것은 자신의 꿈을 찾고 그 꿈의 모델을 찾는 거야. 그리고 여름은 그 모델과 시간을 함께 보내는 시기이고."

"그럼, 저는 이제 여름으로 접어들었군요. 여름에 해야 할 일에 대해 좀 더 설명해 주실 수 있나요?"

지훈은 지금의 힘든 상황을 어떻게 이해하고 또 어떻게 극복할 수 있는지 궁금해졌다.

"여름은 가지가 튼튼해지고 잎이 무성해지는 시기야. 꿈의 모델 밑에서 혹은 자신이 꿈꾸는 그런 곳에 들어가서 배우고 마침내 꿈의 모델처럼 성장하게 되지. 그래서 여름은 성장의 시기이면서도 가장 힘든 시기이기도 해."

"왜 여름이 가장 힘들어요?"

"봄과 여름 사이에는 꼭 태풍이 오잖아. 그 태풍들을 겪으면서 과일 나무들은 작은 열매들의 절반을 떨어뜨리기도 하고, 가지가 휘어지고 부러지면서 절망과 아픔을 겪기도 해. 그러면서 그 모든 상황들이 물어보는 거야? '진심으로 이것을 원해?' '아직도 이것을 원해?'라고 말이야."

"제가 작은 태풍을 맞고 있는 거군요."

"그래. 진심으로 그 꿈을 이루고 싶다면 그 세찬 비바람을 견뎌내야 하는 거지. 고난과 어려움의 시기를 견뎌야 열매를 맺을 수 있단다. 꿈의 열매로 치자면, 제대로 익어서 인생의 깊은 맛을 지니게 되는 거지."

"아, 그렇구나!"

지훈은 가끔씩 식당 사장님에게서 풍기던 분위기나 깊이를 이해할 수 있을 것 같았다. '그런 어려움과 고난을 겪어서 지금의 식당을 만들 수 있었구나!'라는 생각도 들었다.

"여름이 지나면 가을로 가게 되지. 구체적인 결실이 맺히는 계절이야."

"이제 알겠어요. 싹이 나서 꽃을 피우고 마침내 열매를 맺기까지의 과정을요. 그런데 초기 3년도 어려운데, 비바람이 몰아치는 5년 정도까지도 인내하고 견뎌내야 한다는 게 너무 힘겹고 부담스러워요."

"지훈아, 내가 이 힘든 여름 시기를 재미있게 보내는 방법을 알려줄까?"

지훈이 들뜬 목소리로 대답했다.

"네, 가르쳐주세요!"

"오케이! 지난 한 달 동안 네가 경험한 작은 기쁨들을 생각해봐. 예를 들면 처음 일할 때 좋았던 것들이나 새로 배우면서 들떴던 것들은 없는지 여기에 하나씩 적으면서 고마움을 표현해 보는 거야."

지훈은 선뜻 떠오르지 않는 기쁨의 순간들을 떠올리려 애쓰며 머리를 긁적였다. 필름을 거꾸로 돌리듯 어제로, 그제로, 일주일 전으로 그렇게 되짚어 가다 보니 하나씩 떠오르는 것들이 있었다.

1. 우리 가게의 음식이 맛있어서 자부심이 듭니다. 고맙습니다.

2. 동료의 생일 파티가 있어서 함께 축하할 수 있어서 고맙습니다.

3. 손님 몇 명이 나에게 친절해서 고맙다는 말을 해주었습니다. 고맙습니다.

4. 일수일에 두 번 쉴 수 있어 체력을 보충할 수 있어서 고맙습니다.

5. 매일 오전에는 헬스장에 다닐 수 있어서 고맙습니다.

6. 사장님이 "열심히 일해주어서 고맙다"고 말씀해 주셔서 고맙습니다.

7. 함께 일하는 친구들과 일을 마치고 같이 밥을 먹을 때 기분 좋습니다. 고맙습니다.

작은 기쁨들을 하나둘씩 적으면서 '고맙습니다'라는 말을 되풀이하다 보니 저절로 마음이 따뜻해지고 기분이 좋아졌다. '아, 이렇게 작은 기쁨들이 있었다니……'

큰산이 지훈을 바라보면서 물었다.

"어때? 어려운 일들 못지않게 작은 기쁨들도 많이 있었지?"

"그러네요. 제가 잊고 있었어요. 저에게 즐거운 일들도 많이 있었다는 것을요."

"응, 사실 여름은 네가 성장하고 확장되는 시기야. 그래서 성장하고 확장된 만큼 네가 고통을 더 느끼게 되지. 일종의 성장통 같은 거야. 두세 살 아이들은 밤에 자다가 막 운단다. 몸이 막 자라니까 아파서 우는 거야. 너의 여름도 이와 비슷해. 하지만 분명히 기억해야 할 게 그렇게 아픈 만큼 성장하고 있다는 사실이야. 또 성장하는 만큼 기쁨을 느낄 수 있고 말야."

"성장은 고통과 기쁨을 같이 몰고다니는군요."

"그래. 우리가 큰 기쁨만 생각하는 경향이 있어서 못 느낄 뿐이지. 작은 기쁨도 여럿 모이면 큰 기쁨 못지않아. 꿈을 이루어가는 과정은 그런 작은 기쁨들이 끊임없이 이어지는 과정이란다. 그러니까 일주일에 한 번씩, 그 사이에 작은 기쁨을 준 일들이나 감사할 일들을 적고 고마움을 표현하는 시간을 가져봐. 적다 보면 깜짝 놀랄 거다. 그렇게 작은 기쁨들이 많다는 걸 알고 말이야."

지훈은 고개를 끄덕이며 매주 시간을 내서 꼭 작은 기쁨들을 적어보겠다고 마음먹었다.

"자, 이제 집으로 돌아갈까?"

"예!"

"집에 가서 힘들고 어려울 때는 어떻게 하면 되지?"

"예, 작은 기쁨들을 찾아서 적어볼게요."

"좋아!"

지훈은 해먹 위로 올라갔다. 그리고 잠에 빠져들었다.

지훈은 침대에서 기분 좋게 일어났다. 그리고 '작은 기쁨 목록표'를 만들어 자신의 책상 앞에 붙였다. 그날 이후 자신이 맛본 여러 가지 작은 기쁨들과 고마움들을 되새기면서 목록에 추가해 갔다. 때때로 가게에서 일하면서 힘들거나 어려울 때면 돌아오는 버스 안에서 작은 기쁨들을 생각하기도 했고, 일주일에 한 번씩은 혼자 카페에서 지금까지의 작업들을 뒤돌아보면서 감사하는 시간을 가졌다.

작은 기쁨 적기

일주일에 한 번씩 조용하고 분위기 있는 카페에서 한 주를 되돌아보며 그동안 일어났던 크고 작은 기쁨을 떠올려본다. 그것들을 구체적으로 적으면서 감사함을 표현한다. 친한 친구와 함께 하면 더 좋다.

1 ______________________________

2 ______________________________

3 ______________________________

4 ______________________________

5 ______________________________

6 ______________________________

7 ______________________________

8 ______________________________

9 ______________________________

10 ______________________________

열 번째 만남

"제 꿈은 몇 년 후에나 이루어질까요?"

이미 꿈을 이룬 듯 행동하라

"할로!"

지훈은 오랜만에 듣는 큰산의 목소리에 눈을 번쩍 떴다. 반가운 큰산의 얼굴이 보였다. 그런데 오늘은 늘 자신이 누워 있던 해먹이 아니라 꽃밭 한 가운데였다.

"드디어 네 꽃밭이 완성되었단다."

지훈의 눈앞에 펼쳐져 있는 꽃밭에는 여러 색깔과 향기를 지닌 꽃들이 가득했다. 그중 한 송이를 집어 들자 마음에 묵직한 감동이 밀려왔다. 말없이 서서 꽃을 보는 지훈 곁으로 큰산이 다가섰다.

"이렇게 멋진 꽃들이 피어나는 걸 보고 네가 아주 잘 지내고 있다고 확신했지. 그동안 어땠어?"

"저, 첫 월급 받았어요!"

"오예! 월급도 받았단 말이야? 하하!"

"그리고 적금도 시작했어요!"

"적금까지? 와우!"

"5년 후에 열 가게 자금으로 쓰려고요."

"우와, 멋진데! 얼마씩 넣고 있니?"

"백만 원씩이요. 5년 후에 6천만 원 정도가 모이면 작게나마 가게를 시작해 볼 수 있지 않을까 싶어요."

"멋지다. 그렇게 구체적으로 네 꿈을 준비해 가는 모습이 아주 보기 좋은 걸!"

큰산과 지훈은 서로를 마주보며 큰소리로 웃었다. 계속 서 있기엔 햇볕이 뜨거워 두 사람은 천막 안으로 들어왔다.

"그런데 궁금한 게 있어요. 가게에서 일을 하면서 많이 배우고 있긴 하지만, 뭔가 차곡차곡 준비한다는 느낌은 없어요. 너무 정신이 없거든요. 어떻게 하면 더 잘 준비할 수 있을까 고민이에요."

"처음 배울 때는 누구나 정신없이 바쁘지. 아주 당연한 거야. 적어도 6개월 정도는 지나야 뭐가 어떻게 돌아가는지 조금씩 보일 거야. 하지만 뭐든지 배울 때 초점을 갖고 있다면 꿈을 좀 더 구체적으로 준비해 나아갈 수 있어."

"초점이요?"

"응, 어렸을 때 돋보기를 갖고 논 경험 있지? 돋보기로 한 곳에 햇빛을 집중시키면 불이 붙잖아. 마찬가지란다. 꿈을 준비할 때 정확한 초점을 갖고 있다면, 좀 더 집중해서 성과를 이룰 수 있지."

"그 초점이란 게 저의 경우엔 어떤 걸까요?"

"바로 네가 꿈꾸는 5년 후의 모습이야. 5년 후에 네가 어떤 가게를 운영할지 미리 생각해 보는 거지. 어떻게 손님을 맞이하고, 직원들과는 어떻게 일할 건지도 상상해 보고. 이렇게 5년 후의 모습을 정확하게 그려보면 지금 네가 어떻게 해야 하고, 무엇을 준비해야 하며, 어떤 것을 배워야 할지 구체적으로 알 수 있게 돼."

"그렇겠네요. 5년 후의 모습이 정해져 있다면 제가 지금 무엇을 준비해야 할지 뚜렷하게 보일 것 같아요."

"응, 5년 후 나는 어디에 있을까, 어떤 사람들과 함께 있을까, 어떻게 일하고 있을까, 이런 질문들을 던지면서 네가 꿈꾸는 모습을 그려보는 거야. 머릿속에 떠올리는 걸로만 그치지 말고 구체적인 장소나 시간, 활동도 적어봐. 소리와 냄새, 색깔, 감촉 같은 오감을 사용해서 자세하게 표현해 보는 것도 좋아. 꿈을 이루었을 때 느껴질 감정 상태를 미리 느껴보기도 하고 말야. 그렇게 하면 할수록 5년 후의 모습이 훨씬 더 생생해질 거야."

큰산은 지훈에게 펜과 종이를 내밀었다. 지훈은 눈을 감고 자신의 5년 후의 모습을 상상하기 시작했다.

'장소는 어디가 좋을까? 지금 내가 살고 있는 천호동도 나쁘지 않겠다. 사람이 많이 붐비는 곳보다는 큰 도로에서 한두 골목 뒤쪽에 있어서 조금은 한적한 곳도 좋을 것 같아. 그래서 저녁 때 친구들과 함께 찾아와 하루의 스트레스를 풀거나 즐거움을 같이 나눌 수 있는 가게면 좋겠다. 내 가게에서 함께 일하는 사람들과는 웃으면서 신나게 일하고 싶어. 그리고 다같이 1년에 한 번씩 세계 곳곳으로 미각 여행을 가는 거야.'

지훈은 5년 후 자신이 만들 가게 모습들을 종이에 정리해 가기 시작했다.

"다 썼으면 한번 이야기해 줄래?"

지훈은 5년 후 자신의 가게 모습을 큰산에게 들려주었다. 말할 때 웃음이 나오기도 하고 목소리가 떨리기도 했다. 그리고 행복했다.

큰산이 지훈에게 물었다.

"지훈아, 지금 기분 어때?"

"아주 좋아요. 정말 이렇게 되면 좋겠어요."

"가슴 신호등이 완전히 반짝반짝하는구나! 어때? 파워야, 포스야?"

"당연히 파워죠."

"그래, 그렇게 맘껏 살면 돼."

지훈은 자신이 쓴 5년 후의 모습을 다시금 살펴보면서 말했다.

"감사해요. 그리고 이제 꿈을 이루기 위해 무엇을 어떻게 준비해야 할지 어렴풋이 알겠어요. 5년 후의 모습을 좀 더 다듬어서 제대로 준비해야겠어요. 아, 빨리 5년 후가 왔으면 좋겠다!"

"왜?"

"진짜 저의 꿈을 펼칠 땐 그때니까요."

"네가 꽃을 잘 피울 수 있는 마지막 비밀을 알려줄까?"

큰산이 지훈을 바라보면서 큰 비밀을 알려주듯 나지막이 말했다.

"자, 눈을 감고 생각해 봐. 만약 5년 후의 꿈이 지금 이미 이루어졌다면 너는 어떻게 할까?"

"오예!"

지훈이 큰산을 흉내 내면서 외쳤다.

"기분이 아주 좋죠. 다 이루었으니까."

"그렇지? 그러면 하루의 생활은 어떻게 바뀔까?"

"글쎄요. 지금과 마찬가지로 오전에는 헬스장에 가서 운동하고, 오후에는 시장을 보고, 가게 오픈 준비하면서 손님을 맞이할 채비를 하겠죠?"

"그리고 또?"

"그리고 함께 일하는 직원들과 함께 청소하고 메뉴도 꾸미겠죠. 그리고 손님이 오기 시작하면 즐겁게 재밌게 손님을 맞이할 거예요. 또 아까도 말했듯이 1년에 한 번이나 두 번 정도 맛집 여행을 떠날 거구요."

"오예! 멋지구나!"

설명을 마치자 지훈은 마치 그 꿈이 다 이루어진 듯 기분이 좋아졌다. 그때 큰산이 물었다.

"그런데 지훈아, 5년 후 너의 꿈이 이루어졌을 때와 지금이 다른 점이 뭐야?"

"지금과 다른 점이요?"

지훈은 말하다가 깜짝 놀랐다. 5년 후나 지금이나 크게 다르지 않다는 것을 알아챈 것이다.

"지금 제가 이미 그렇게 살고 있네요."

"맞아, 그런데 왜 5년 후로 미루니? 우리가 착각하는 것은, 하고 싶은 것을 지금이 아니라 먼 미래에나 비로소 할 수 있다고 생각하고 미룬다는 거야. 그래서 먼 미래 어디쯤 되어서야 겨우 그 꿈을 누릴 수 있다고 생각하고 지금은 참고 견디고 인내해야 한다고 생각하지."

"맞아요. 저도 그렇게 생각하고 있어요."

"우리는 놀랍게도 우리의 꽃을 미래가 아닌 바로 지금! 피울 수 있단다."

지훈은 큰산의 눈을 바라보면서 궁금한 표정을 지었다.

"잘 이해가 안 가요. 어떻게요?"

"그러니까, 너 운동하고 싶었잖아? 그리고 또 너만의 작은 식당을 운영하고, 일하는 친구들과 재밌게 일하고, 종종 맛집 투어를 다니고 싶었고……?"

지훈은 고개를 끄덕였다.

"자, 어때? 다 지금 할 수 있잖아. 아니 지금 하고 있잖아. 그러니 5년, 10년을 기다릴 필요가 없어. 넌 그 꿈을 지금 누릴 수 있단다."

"정말 그러네요!"

"더 나아가서 말야, 만약 지금 일하고 있는 곳을 네 가게라고 생각한다면 어떻게 될까? 또 가게에 오는 손님도 다 너의 손님이고, 동료들도 정말 너의 친한 친구들이라고 생각하면 어떻게 될까?"

지훈은 잠시 생각에 잠겼다. 그동안 이 가게는 자신이 배워야 될 곳이라고 생각하고 빨리 내 가게를 차리고 싶다는 생각만 했지, 지금 일하는 곳을 내 가게라고 생각해 본 적은 한 번도 없었다.

"여기가 어디였는지 기억나니?"

"사하라 사막이요."

"그렇지. 처음에는 이곳이 어떻게 느껴졌지?"

"음…… 아무리 걸어도 끝이 없고 희망이 보이지 않는데 뜨거운 햇살처럼 수많은 압박들이 나를 짓누르는 황폐한 곳처럼요. 마치 꿈을 찾지 못하고 방황하던 제 삶과도 같은……"

"내가 왜 이곳에서 이렇게 사람들을 만나가며 꽃을 피우도록 도와주고 있는지 아니?"

"언뜻 말씀해 주셨던 것 같아요. 꽃을 피우려는 사람이 계속 늘어나서 이 사막이 언젠가는 아름다운 꽃밭이 되길 원한다고 하셨죠."

"맞아. 그래서 나는 많은 사람들이 자신의 꽃을 피우고 또 가꾸어가도록 돕고 있어. 그런데 자신의 꽃을 피운 사람들은 이제 사하라 사막을 다르게 본단다."

큰산은 지훈에게 사하라 사막에 대해 처음 설명해 줄 때처럼 살짝 뜸을 들였다. 지훈은 조금 긴장이 되었다. 큰산은 미소를 지으면서 힘찬 목소리로 말했다.

"사랑하라, 그리고 하고 싶은 일을 하라! 이걸 줄여서 '사하라'라

고 하지!"

"네?"

"사랑하라, 그리고 하고 싶은 일을 하라!"

큰산이 이어서 말을 했다.

"꽃을 피운 사람들은 더 이상 사하라 사막을 황폐한 곳이라고 생각하지 않아. 바로, 사랑하고 자신이 하고 싶은 일을 하는 곳이라고 생각해. 이곳을 지훈이 너보다 먼저 거쳐간 선배들은 이곳 사하라 사막을 여전히 황폐한 곳으로만 알고 방황하는 사람들에게 자신이 피운 꽃을 선물하며 용기를 북돋아주고 있지."

"멋있네요."

"응. 꽃을 피운 사람들이 늘어날수록 사람들은 이 사하라 사막의 진짜 이름인 '사랑하라, 그리고 하고 싶은 일을 하라'대로 살아가게 될 거야. 그러면 언젠가는 이곳이 온통 꽃들로 가득하게 되겠지?"

지훈은 큰산의 말을 어렴풋이 이해할 수 있었다. 자신도 처음 큰산을 만났을 땐 희망도 없이 사막을 헤매는 방랑자 같았는데, 요즘은 사막 같은 세상에 살고 있다는 생각을 하려야 할 수 없게 되었으니 말이다.

"잊으면 안 돼. 우리는 메마른 사막에서 살고 있는 것이 아니야. 바로 사랑하며 하고 싶은 일을 하는 곳, 사하라에서 살고 있는 거야."

지훈은 우리가 사는 곳이 '사랑하고, 하고 싶은 일을 맘껏 할 수 있는 곳'

이라는 것이 쉽게 받아들여지진 않았지만, 확신에 찬 큰산의 눈빛을 보며 그 말을 왠지 믿고 싶어졌다. 큰산이 지훈의 어깨를 두드리면서 말했다.

"이제 네 차례야."

"네?"

"너도 네가 일하는 곳을 진짜 사하라로 만들어. 너의 꿈을 맘껏 펼쳐보라고!"

지훈이 말없이 고개를 끄덕였다.

"예, 저도 그렇게 하고 싶어요. 지친 사람들이 맘껏 쉴 수 있는 곳, 또 함께 일하는 사람들이 즐거운 곳, 그런 곳을 만들고 싶어요."

"5년 후에?"

"아니요, 지금요. 오늘부터요."

지훈이 큰산을 바라보며 웃으며 말했다.

"오예! 이제 헤어질 시간이야."

큰산이 손을 내밀어 악수를 청했다. 지훈은 아쉬운 마음과 함께 고마움을 담아 큰산의 손을 잡고 힘차게 악수를 나눴다. 그리고 해먹 위에 올라가 누웠다. 큰산의 손길이 닿자 스르르 지훈의 눈이 감겼다.

꿈에서 깨어난 지훈은 출근 준비를 했다. 그리고 집을 나서기 전 거울을 보며 큰산이 말해준 문장을 되새겼다.

사랑하라, 그리고 하고 싶은 일을 하라.

일하는 식당에 도착한 지훈은 그곳이 자신의 가게라고 생각해 보았다. 그리고 찾아오는 손님들 역시 자신의 가게에 온 손님들로, 함께 일하는 사람들도 자신의 가게 동료처럼 바라보았다. 그러자 가게에 더 많은 애정이 가고, 찾아오는 손님들도 더욱 기쁘게 맞이하게 되었다.

5년 후 모습 그려보기

아래에 5년 후 자신이 꿈꾸는 미래를 구체적으로 적어본다.

에필로그

사랑하라, 그리고 하고 싶은 일을 하라

지훈을 만난 지 벌써 2년이 지났다.

지훈은 간혹 잘 있다며 전화로 소식을 전하곤 했다. 내가 책이 마무리 단계에 있다고 이야기하자 축하해야 한다며 지훈이 찾아왔다.

그동안 어떻게 지냈는지 물으니 일하는 곳에서 부매니저로 있다고 했다. 손님을 맞이하고 매장을 관리하는 일을 하고 있는데, 일하는 친구들과도 호흡이 잘 맞아 아주 재미있다고 했다. 그리고 지금까지 이 식당에서 일하면서 약 1,500만 원 정도 저금도 했다고 했다. 함께 축하하기 위해 우리는 멋진 레스토랑에 갔다.

그곳에서 식사도 하고 이야기도 나누는데, 지훈이 레스토랑에 대해 요모조모 분석을 해준다. 음식은 어떻고, 인테리어는 어떻고, 직원들의 동선은 어떻고, 분위기는 어떻고…… 벌써 자기 일에 대한 깊은 지식과 전문가다운 시선이 느껴졌다. 그렇게 지훈이랑 함께 행복한 시간을 보내고 돌아왔다.

2년 전, 나를 처음 찾아왔을 때 지훈의 모습과는 크게 달랐다. 무엇보다 자신에 차고 활기에 넘치는 모습이 보기 좋았다. 스스로에 대한 자신감과 자기 일에 대한 자부심이 엿보였다. 부매니저로 인정받고 있고, 이제 식당에서 자신에게 주어지는 일은 어떤 것이든 잘할 수 있다고 말하는 데서 당당함이 느껴졌다. 내년이면 3년째인데 지금 여기서 배울 것은 어지간히 배운 것 같다고, 이제 더 배울 만한 다른 곳을 찾아 막내 생활부터 다시 시작할 생각이라고도 했다. 오예!

지훈은 이미 자신의 꽃을 피워냈다. 자신이 무엇에 가슴 뛰는지 알고, 자신의 꿈이 이루어질 공간에서 그 일을 먼저 해낸 사람과 함께 일을 하노라면 이렇게 달라진다.

그러나 지훈을 처음 만났을 때나 2년이 지난 지금이나 대한민국 청년들이 처한 참담한 현실은 사실 크게 변하지 않았다. 대학교를 졸업할 때면 평균 1,500만 원 이상의 학자금 대출을 떠안게 되고, 졸업 후 직장 생활을 하더라도 옥탑방, 고시원, 월셋방을 전전할 수밖에 없다. 대출금 상환에 월세 내기도 빠듯한데 어떻게 연애나 결혼, 꿈을 생각할 수 있겠는가? 정말이지 청년들에게 대한민국은 너무나도 살기 힘든 사막이 되어버렸다.

이런 현실의 무게를 떠안고 있는 청년들에게 이 책이 어떤 도움이 될 수 있을까? 스스로의 꿈을 찾아 나서려 할 때 혹은 그 첫발을 내딛으려 할 때 나침반 역할이라도 할 수 있다면 좋을 텐데 하는 간절한 마음으로 이 책을 써나갔다.

장 지오노의 《나무를 심는 사람》이라는 책을 보면 주인공 노인이 사막이 되어버린 산과 들판에 평생 동안 나무를 심는다. 그 덕에 마침내 숲이 우거지고 새들이 지저귀고 사람들도 다시 찾아와 삶의 기쁨을 노래하게 된다. 그렇다, 나의 일도 어쩌면 나무를 심는 그 노인처럼, 사막이 되어버린 우리 가슴에 한 그루 '꿈'의 나무를 심는 일이라는 생각이 들었다. 무모하고 불가능할 것 같아 보이지만, 스스로 포기하지만 않는다면 아무리 사막 같은 삭막한 곳일지라도 분명 꿈은 자라고 꽃은 피게 되어 있다.

나는 그 증거들을 지훈뿐 아니라 '사하라'를 찾아오는 수많은 청년들을 통해서 계속 만나고 있다. 그러니 여러분도 먼저 포기하지 않았으면 좋겠다. 이 책을 집어 들었다는 사실 자체가 아직 가슴속에 꿈이 살아있다는 증거이다. 아니 적어도 꿈을 찾고 싶다는 열망의 씨앗이 살아있다는 증거는 될 것이다. 그러니 가슴의 소리에 귀 기울이고, 가슴이 뛰는 일을 시작해 보자. 가슴 뛰는 일이야말로 힘든 상황을 이기고 버틸 수 있는 힘을 준다.

그리고 여러분은 그 길이 그다지 외롭지만은 않다는 걸 곧 알게 될 것이다. 가슴 뛰는 삶을 향해 가고 있는 나 같은 사람, 지훈이 같은 친구들을 생각보다 훨씬 더 많이 만날 수 있을 테니까 말이다.

사막이 아름다운 이유는

바로 사막 어딘가에 꽃이 피어 있기 때문이다.

그대가 바로 꽃이다.

그대라는 꽃은 반드시 피어난다.

같이 가자.

함께 사하라를 만들어가자.

2016년 초여름

서울 사하라에서

사랑하라,
그리고 하고 싶은
일을 하라

샨티 회원제도 안내

샨티는 사람과 사람, 사람과 자연, 사람과 신과의 관계 회복에 보탬이 되는 책을 내고자 합니다. 만드는 사람과 읽는 사람이 직접 만나고 소통하고 나누기 위해 회원제도를 두었습니다. 책의 내용이 글자에서 머무는 것이 아니라 우리의 삶으로 젖어들 수 있도록 함께 고민하고 실험하고자 합니다. 여러분들이 나누어주시는 선한 에너지를 바탕으로 몸과 마음과 영혼에 밥이 되는 책을 만들고, 즐거움과 행복, 치유와 성장을 돕는 자리를 만들어 더 많은 사람들과 고루 나누겠습니다.

샨티의 회원이 되시면

샨티 회원에는 잎새·줄기·뿌리(개인/기업)회원이 있습니다. 잎새회원은 회비 10만 원으로 샨티의 책 10권을, 줄기회원은 회비 30만 원으로 33권을, 뿌리회원은 개인 100만 원, 기업/단체는 200만 원으로 100권을 받으실 수 있습니다. 그 외에도,

- 추가로 샨티의 책을 구입할 경우 20~30%의 할인 혜택을 드립니다.
- 신간 안내 및 각종 행사와 유익한 정보를 담은 〈샨티 소식〉을 보내드립니다.
- 샨티가 주최하거나 후원·협찬하는 행사에 초대하고 할인 혜택도 드립니다.
- 뿌리회원의 경우, 샨티의 모든 책에 개인 이름 또는 회사 로고가 들어갑니다.
- 모든 회원은 샨티의 친구 회사에서 프로그램 및 물건을 이용 또는 구입하실 때 할인 혜택을 받을 수 있습니다.
- 샨티의 책들 및 회원제도, 친구 회사에 대한 자세한 사항은 샨티 블로그http://blog.naver.com/shantibooks를 참조하십시오.

샨티의 뿌리회원이 되어
'몸과 마음과 영혼의 평화를 위한 책'을 만들고 나누는 데
함께해 주신 분들께 깊이 감사드립니다.

뿌리회원(개인)

이슬, 이원태, 최은숙, 노을이, 김인식, 은비, 여랑, 윤석희, 하성주, 김명중, 산나무, 일부, 박은미, 정진용, 최미희, 최종규, 박태웅, 송숙희, 황안나, 최경실, 유재원, 홍윤경, 서화범, 이주영, 오수익, 문경보, 최종진, 여희숙, 조성환, 김영란, 풀꽃, 백수영, 황지숙, 박재신, 염진섭, 이현주, 이재길, 이춘복, 장완, 한명숙, 이세훈, 이종기, 현재연, 문소영, 유귀자, 윤홍용, 김종휘, 이성모, 보리, 문수경, 전장호, 이진, 최애영, 김진회, 백예인, 이강선, 박진규, 이욱현, 최훈동, 이상운, 이산옥, 김진선, 심재한, 안필현, 육성철, 신용우, 곽지희, 전수영, 기숙희, 김명철, 장미경, 정정희, 변승식, 주중식, 이삼기, 홍성관, 이동현, 김혜영, 김진이, 추경희, 물다운, 서곤, 강서진, 이조완, 조영희, 이다겸, 이미경, 김우, 조금자, 김승한, 주승동, 김옥남

뿌리회원(단체/기업)

주/김정문알로에 KIM JEONG MOON ALOE CO. LTD.

한경재단

design Vita

사단법인 한국가족상담협회·한국가족상담센터

생각과느낌 소아청소년 성인 몸 마음 클리닉

PN풍년

경일신경과 | 내과의원

회원이 아니더라도 이메일(shantibooks@naver.com)로 이름과 전화번호, 주소를 보내주시면 독자회원으로 등록되어 신간과 각종 행사 안내를 이메일로 받아보실 수 있습니다.

전화 : 02-3143-6360 팩스 : 02-338-6360
이메일 : shantibooks@naver.com